PLANO DE FUGA

Abilio Godoy
PLANO DE FUGA

Este livro foi selecionado pelo Programa Petrobras Cultural

Copyright © 2013 Abilio Godoy

Todos os direitos reservados. Nenhuma parte desta obra pode ser reproduzida ou transmitida por qualquer forma ou meio eletrônico ou mecânico, inclusive fotocópia, gravação ou sistema de armazenagem e recuperação de informação, sem a permissão escrita do editor.

Direção editorial
Jiro Takahashi

Editora
Luciana Paixão

Editora assistente
Anna Buarque

Assistência editorial
Roberta Bento

Revisão
Rosamaria Gaspar Affonso
Maria Aiko Nishijima

Imagens de capa e miolo
Lorena Hollander

Produção de arte
Marcos Gubiotti

CIP-Brasil. Catalogação na fonte
Sindicato Nacional dos Editores de Livros, RJ

G532p   Godoy, Abílio Marcondes de, 1983-
         Plano de fuga / Abilio Godoy. – Rio de Janeiro: Prumo, 2013.
         120 p.: 21 cm

         ISBN 978-85-7927-252-3

         1. Ficção brasileira. I. Título.

13-0394.   CDD: 869.93
                                                                                    CDU: 821.134.3(81)-3

Direitos de edição: Editora Prumo Ltda.
Rua Júlio Diniz, 56 – 5º andar – São Paulo – SP – CEP: 04547-090
Tel.: (11) 3729-0244 – Fax: (11) 3045-4100
E-mail: contato@editoraprumo.com.br
Site: www.editoraprumo.com.br
facebook.com/editoraprumo | @editoraprumo

Sumário

Ocaso	7
Colheita	11
Bile	15
Neógama	19
Lacunas	21
Dívida	31
10 km	39
Fortuna	43
Frio	53
Glúteos	57
Em silêncio	61
Tac8	63
COMun	69
3s	79
Margem	85
Metonímia	87
Voto	91
Revólver	99
Equilíbrio	105
Aurora	111

Ocaso

Acordo assustado em Istambul. Uma voz estranha ressoa no quarto. Minha mão se arremessa contra a escuridão, agarrando lençóis vazios. O alto-falante do minarete que se ergue sob a janela canta, chamando os fiéis para a oração do crepúsculo. Do terraço vejo o pôr do sol sobre o estreito. A Europa ficou do outro lado. Do que é que você está fugindo?, perguntou o turco sem bigode na travessia da balsa. Foi a mesma pergunta que meu irmão me fez no aeroporto, minutos antes que eu embarcasse para Lisboa.

Acordo assustado em Barcelona. Uma voz sussurra ao meu lado. Minha mão se arremessa contra o escuro e agarra o pulso frágil que, de leve, balança meu ombro. Ela não consegue dormir. Sob os lençóis, está infeliz, pensando em voltar para o Brasil. Eu não a amo, ela me diz, e sabe que não vou responder. Tenho outras mulheres, ela me diz e sabe que tem razão. Ela é muito importante para mim. Sou eu quem diz, mas ela não ouve. Está cansada. Cansada de viver à deriva, de trabalhar como garçonete enquanto faço mágica pela rua. Viajando feito nômades, rumo ao Leste. Cada vez mais longe de casa. Ela quer voltar para o nosso país. Quer casar, comprar uma casa, formar uma família. Quer criar raízes e envelhecer o quanto antes, como um tubérculo na segurança da terra, com o sedentarismo resignado de um cadáver que apodrece.

Muitas noites sonho com minha mãe. Pouco antes de morrer no hospital, ela me chamou para perto da cama, pegou a minha mão e disse, com os olhos turvos de medo, que eu estava a cada dia mais bonito. Eu não lhe disse que ela estava a cada dia mais feia. O rosto chupado e um bigode branco sobre os lábios, trêmulos por causa da doença. Sob os lençóis, ela estava sozinha. Entregue a uma sentença com a qual era a única a não se conformar. Médicos, enfermeiros, familiares, todos conformados. Eu mesmo, no fundo, conformado. A única morte com a qual não me conformo é a minha. Acordo assustado em Roma. Silêncio opaco no quarto. Minha mão se arremessa no escuro e agarra um pulso inerte. Preciso me livrar desse corpo. Pensamento mágico. Essa carcaça adormecida depois do sexo é a sobra indesejada de um assassinato, um estorvo incriminador. As palavras que vieram em seguida, entre o sono e a vigília, não sei se apenas as pensei ou se cheguei a pronunciá-las. A melhor mágica de todas seria fazê-la desaparecer. Dizem que sentir remorso por um pensamento maligno é sinal de infantilidade, porque é imaturo acreditar que os pensamentos são onipotentes. Então devo tê-las pronunciado, porque sinto remorso e arrisco dizer que resta pouco de criança em mim. Não sei ao certo. Nunca mais tive certeza de nada.

Tateio pela noite num sono espesso. Os lençóis que a cobrem são uma trama infinita onde me perco tentando afastar paredes de pano que se acumulam e me aprisionam. Acordo assustado e não sei onde estou. Ouço o ruído do tecido roçando a minha barba. Minhas mãos e pés se arremessam convulsos em direções aleatórias. O lençol jogado flutua no ar como um fantasma, revelando uma cama vazia sob sua queda dramática. Abracadabra: ela não está mais aqui.

Você não se sente sozinho? Outra vez o turco sem bigode da balsa. Impossível não se sentir sozinho numa cama de hospital da qual se sabe que não se vai sair. Isso eu não digo. Falamos de futebol. Tiro do bolso meu baralho e, enquanto peço a ele que escolha uma carta qualquer, faço com que escolha o ás de espadas. O grasnar das gaivotas me desconcentra um pouco. Vagarosa, a balsa segue rumo ao Leste.

Colheita

Outra vez. Os pássaros descansam do sol sob a sombra dos espantalhos. O estômago cheio de suor e algumas gotas da hemoglobina que escorreu dos lábios dos mosquitos ou de um dos cortes na minha pele. Os pássaros espreitaram a vulnerabilidade do meu sono. Derramaram-se das nuvens enquanto eu sonhava com a terra, com a prosperidade da colheita. Nos minutos em que eu dormia, abocanharam meses inteiros de sofrimento.

Sob a sombra dos espantalhos, os pássaros sorriem. Seu sorriso satisfeito se confunde com o grasnar condescendente da enfermeira. Desperto numa cama clandestina e ainda estou sonhando. O médico entra no quarto para me dizer que tudo correu bem, que já posso ir embora. Levo as mãos ao abdome procurando algum indício. A madeira do meu ventre faz um barulho de coisa oca.

Outra vez. Os mesmos pesadelos. A mesma claridade que invade o quarto e convoca-me à vigília. São vários despertares entre as muitas camadas de sonho que atravesso. O lençol sobre meu rosto é a última úmida fronteira. É uma placenta. Ouço o ruído do trânsito nas avenidas. A cidade não vacila. Hesito. Entrecortados, os sons que chegam ao meu ouvido não perfazem nenhum discurso.

A água fria do chuveiro arrasta para o ralo o suor dos pesadelos e a parte de mim mesma que morreu durante a noite. Traída por nuvens que choveram a fome. Não, a água do chuveiro não adianta. Não pode me limpar por dentro minhas manchas mais escuras. Noite após noite, os mesmos sonhos. As nuvens verteram pássaros e os pássaros destruíram tudo. O médico me assegura do sucesso do aborto. Por fora dos lençóis, no lixo do banheiro, o exame de gravidez permanece negativo. Com sua saliva pegajosa e quente, os olhos me lambem por onde passo. Jamais a solidão e quase nunca uma companhia sóbria. Antes a covardia interesseira, onipresente e semipassiva de incontáveis animais carniceiros. Quando desistimos do noivado, tentei devolver a aliança. Ele me pediu que a guardasse. Não sei por que acedi. Eu ainda te amo, ele disse, mas acho que precisamos de um tempo. Por dias fantasiei sua reação quando descobrisse a gravidez. Lute, seu babaca. Cresça. Até quando vai fugir das escolhas e dos compromissos? Até quando esse menino mimado incapaz de aceitar que o mundo não existe para o seu entretenimento? Nada disso eu disse. A menstruação atrasada foi signo falso, anomalia inócua, entediante, corriqueira. Impassível, no lixo do banheiro, o exame de gravidez permanece negativo.

    Você está mais azeda que de costume. Aconteceu alguma coisa? Sempre tão cartesianos. Causa e efeito, causa-e-efeito. Por que ele acha que preciso de motivo? Não vê que sou um absurdo? Não, não aconteceu nada. Nem nada que acontecesse faria qualquer diferença. Juro que me esforço. Não sei por que continuo. Ele se levanta para fazer um chá.

    Sozinha na cama, gostaria de dormir e não sonhar. Minutos depois, ele chega com a bandeja. Quantas colheres de açúcar? Uma só. Ele coloca duas e sentencia que uma colher é muito pouco. Recebo a xícara inconformada e ele ignora minha indignação. Engulo a bebida sem prestar atenção ao gosto. Limpo com a mão o pouco de amargura que escorreu pelo meu queixo. Não é decepção, apenas tédio. Levanto-me. Visto minhas roupas. Caminho até a porta. Ele assiste a tudo imóvel, semipassivo. Não adianta, digo ao sair, só mesmo a morte pode ser para sempre.

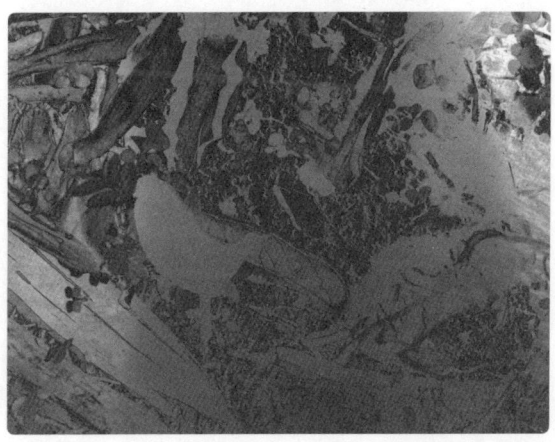

Houve um tempo em que eu quis ver algo de trágico, algo de belo no aumento inelutável da entropia – hoje já não confio na retórica rebuscada dessas palavras. A poluição secou minha vontade na garganta. Bandidos bateram as frases feitas do meu bolso. Aqui fora, a cidade existe sem essa prosódia, sem a cadência sonora desses advérbios em mente. Aqui a indiferença é uma fumaça se espalhando, e a maior parte dos adjetivos morre abandonada nessas esquinas onde jovens desesperados mendigam abraços com cartazes fosforescentes. Ombro a ombro com os contrabandistas da calçada, todos os advérbios que encontro mentem. Cansada, com os olhos vermelhos de sono, espero mais um despertar.

Foi a última vez. No ano que se seguiu ao riso metálico da enfermeira, os pássaros não faltaram ao banquete. Fingindo-me de morta, deixei que devorassem todo o trigo da colheita. Quando então me levantei, os pássaros estavam satisfeitos. Demasiado gordos, já não decolavam estúpidos do chão e, com minha foice erguida para as nuvens, dancei, em volta deles, toda a celebração do meu ódio.

Bile

Não há tempo a perder com antidepressivos. A poucos minutos do fim, elas trabalham. Desperto com o coração acelerado, despedaçado por formigas. Deitado, de olhos fechados, eu as vejo subindo pelas paredes do quarto. Quietas. Resolutas. Elas tomam conta da cama e aos poucos me cobrem. Invadem-me por todos os orifícios e eu me desmancho em milhares de pequenos pedaços, que se separam coreografados, rumo a um formigueiro distante. É suíço. Ele examina o relógio devagar. O preferido do meu pai, o mais valioso da coleção. Seus olhos algébricos procuram os meus, depois se fixam na garrafa de vodca nas minhas mãos: você não devia vender. Não preciso de relógio: não tenho pressa. Esse relógio foi do seu tataravô, está com a sua família há décadas. Agora está com a sua. Sigo-o até o cofre. Ele começa a contar o dinheiro. Sorrio. Quem sabe o que prometem as drogas do futuro, hein? Ele me olha sem compreender. Dou de ombros: torce para o seu tataraneto não vender.

Nada além da fome coletiva e o instinto cego que as direciona. Nada além do formigueiro e suas imediações. No sonho, é o fim do mundo. Elas trabalham ainda. A proximidade do cometa, a destruição iminente de toda a vida não mudam nada. A concretude do fim é indiferente. Não há medo, nem urgência. Não existe dúvida, nem alternativa. Motivos não se fazem nunca necessários.

Sonhei mais uma vez com as formigas. Elas despedaçavam, metódicas, a carcaça do meu pai. Com olhos inquietos, ela me segue pelo quarto enquanto tento dissipar o pânico com frases desconexas. Você parou de tomar os remédios de novo?

Olha só: eu desisti de mudar o mundo e nem assim vocês me esquecem. Eu só queria um lugar seguro, onde pudesse me esconder do tempo. Um plano de fuga. Assim vou ter que ligar para o seu psiquiatra. Minha testa marca com força, contra os azulejos do banheiro, as batidas do meu coração. Um filete de sangue escorre por entre meus olhos. Estou cansado de ter que reinventar tudo. As pessoas solitárias alucinam com insetos. Vejo lágrimas no seu rosto. É triste o quanto você é obsessivo, o quanto não se deixa nunca em paz. Quase me enterneço. Queria era esmagar o crânio dela contra a parede. Fica longe. Não põe a mão em mim. As formigas estão me comendo. Vão comer você também. Não tem formiga nenhuma. Você está ficando confuso. Não, eu estou bem. Já sei que não vou morrer agora. Que tudo isso vai passar daqui a pouco. Que amanhã vou precisar de você outra vez. É tarde para chorar para o analista. Antes de morrer, meu pai me disse que eu estava perdendo os melhores anos da minha vida. Eu nunca disse nada: para mim, a vida dele toda tinha sido um desperdício. Sento-me diante da privada e vomito a bile que sobrou no duodeno. Um desperdício. Ela acaricia o meu cabelo. Já disse para não pôr a mão em mim.

 Belíssima sopeira. Os olhos dele brilham. Original de Limoges. Porcelana de qualidade superior. Não sabia que seu pai também colecionava. Quanto você quer por ela? Queria mesmo era fazê-lo engolir os estilhaços que se espalham pelo chão. Nada. Não quero nada. Essa fica de presente. Quando a porcelana se despedaça contra a parede, vejo o terror no seu rosto apodrecido. Ele cai de joelhos. Só um velho, no fim das contas. Trêmulos, seus dedos passeiam sobre os cacos. Sua voz é quase um soluço. Por quê? Para que você fez isso? Não tenho muita certeza. Algumas coisas eu faço por fazer; outras nem por isso.

Muitos praquês e poucos porquês, dizia o analista. As formigas não perdem tempo com perguntas. Na falta de saída, resta a embriaguez. Indiferentes à morte, elas carregam pesos enormes. Não é sempre que consigo levantar do chão minha própria vontade. Nos dias normais me arrasto. Nos ruins deixo-me estar. Em quase todos me sinto muito sozinho. Não, as formigas não têm crânio, nem rostos apodrecidos. Gosto é da maneira surpresa com que se contorcem quando a chama de um fósforo toca de leve seus pequenos corpos eficientes.

Neógama

O desconforto dos saltos compõe a liturgia. Difícil se equilibrar sobre a areia acidentada, mesmo me apoiando no braço que sua sob o paletó. Tal qual fosse a prometida, caminho com meu pai até a mesa que nos foi destinada ao lado do altar improvisado. Ostentamos com desembaraço a gentileza que penduramos no cabide com a roupa de cerimônia e apertamos pelo caminho as mãos de parentes que em segredo nos desprezam. Ao desabarmos exauridos sobre o par de cadeiras pensas, meu pai pergunta retórico por que ainda vimos a estas maçadas e lhe respondo que se a maioria vem pelo champanhe gratuito comparecemos para torcer pela fuga da noiva. Ninguém foge depois de gastar tanto, ele treplica com um gesto que assinala a marina enfeitada. Uma salva de palmas recebe a nubente que pela baía se aproxima num bote a remo. O constrangimento ritual culmina no sermão descolado do padre que em seu esforço por modernidade sentencia que, por sua natureza distinta, mulher e homem são incompatíveis e o matrimônio, um sacrifício necessário à religião e à família. Quando o sacerdote envereda pelos pecados da carne e pelas juras de fidelidade e amor eternos, poucos resistem à tentação de encarar a prima recém-separada, cujo casamento não passou de seis meses. Com um sorriso encabulado, a moça acena a um e outro que ainda não teve ocasião de cumprimentar.

Lacunas

É que eu ainda não conhecia a parte oca de um tijolo, nem suspeitava da erosão que mastiga tudo e sobretudo o que foi concebido para sempre. Não sentia as rachaduras deslizando dos cantos da minha risada, alargando o vão entre lábios adolescentes cada vez mais incapazes de não sorrir. Feliz ou infeliz, eu ainda não sabia. Me contentava em balançar a cabeça no ritmo do heavy metal do bar onde a gente tomava cachaça e em esticar indicador e mínimo ao som de qualquer barulho alto o bastante para que doessem os ouvidos. Nas festas, com a cara pintada e a cruz invertida pendurada no peito, eu torcia por uma menina que perguntasse. Não tinha respostas, mas inventava qualquer idiotice que também a impedisse de não sorrir. Era um imbecil talentoso, um covarde determinado a não explorar desfiladeiros. Nos raros beijos experimentava o êxtase e tomava conhecimento do frio que se segue. Cáries em dentes de leite, pequenas experiências descartáveis de dor. No fim da noite a gente ia para a sua casa vomitar a cachaça e o batom. Nossa adolescência foi uma dessas festas que as pessoas dão em prédios a serem demolidos. Enquanto se toma a última saideira já despertam os técnicos que passaram a noite sonhando com os explosivos. Às vezes, você pegava o violão e gargalhava tanto que nem conseguia tocar um acorde, o que me divertia e amedrontava. Quando ficava sozinho, eu ligava o walkman no máximo, para abafar o som do meu rosto se partindo. Existe um nome para cada dente e nenhum para as frestas que os separam. Obstinado em me entrincheirar num sorriso, eu me esforçava para não perceber as lacunas que se propagavam no subsolo.

Todas as tardes, no sanatório, os homens de branco me faziam andar descalço pelo gramado repleto de formigas. Sempre havia gente correndo em volta das grades do parque. Eu gritava por socorro e eles continuavam correndo. Quando minha mãe ia me visitar, eu fingia não a reconhecer e, enquanto ela chorava me apertando nos braços, eu entoava baixinho a melodia de uma canção que me lembrava que ela tinha me legado todos os seus medos. Dia após dia, as formigas trabalhavam sem descanso e, pelas taliscas na minha armadura de herói romanesco, vinham buscar a carne mole de uma criança que cresceu acreditando nos filmes da televisão. Levavam inabaláveis para os formigueiros a inconsistência dos sonhos de felicidade e o absurdo das promessas de comunhão. De noite, eu coçava os pés até sangrar, ainda que os enfermeiros me dissessem que não havia formigas nem picadas. Acho que foi a generosidade inesperada do cara do meu quarto que me fez lembrar de você e vir aqui pedir asilo até resolver o que vou fazer em seguida. Antes de ser internado, eu gastava a maior parte do tempo traçando planos. Depois que me levaram para o sanatório, passei a viver sem futuro. Achava que jamais ia sair e agora é estranha a perspectiva da liberdade e da vida pela frente. Não sei por que o cara do meu quarto resolveu me ajudar a fugir. Me acordou no meio da noite e colocou nas minhas mãos um molho de chaves e o dinheiro para pegar um táxi. Estufou o peito e sentenciou em tom de discurso que agora eu era livre e devia ir buscar a felicidade. Antes que eu pudesse dizer que não acreditava nisso e que ele era o cara mais maluco que eu já tinha visto, me empurrou para fora do quarto, fechando com cuidado a porta atrás de mim.

Não havia remédio senão cerrar os olhos com força e cobri-los com as mãos em concha para me defender dos raios que neurotransmitiam pelo vácuo das sinapses. Eu era um faminto mastigando o que não podia engolir, o que não podia incorporar ao espaço vazio da minha fome. Um alcoólatra contratado para degustar a bebida em doses ridículas, quebrando as taças com os dentes pelo desespero de me embriagar com um vinho que não me pertence. Não. Eu teria que bater meus olhos no liquidificador, puxar para fora os nervos ópticos e adornar com um par de laços os buracos que sobrassem para que ela não me estuprasse a cada imagem com o ímpeto de transformá-la em mais um apêndice do intestino, mais uma glândula secretando orgasmos no sistema límbico. Ainda que a penetrasse em todas as cavidades, ainda que extremidades várias do meu corpo se esforçassem para preencher cada orifício, cada fisga na sua carne seria pouco, seria rasa demais se eu não pudesse atingir a medula, se sobrasse dentro dela qualquer reduto que eu não pudesse invadir. Quando já morávámos juntos havia algum tempo, ela me tomava de assalto nas madrugadas entre as paredes e dançava. Obrigava-me a ver que era bonita e que existia fora de mim, longe das minhas fronteiras com o mundo. Então eu chorava atormentado com o desejo insuperável de ser com ela, de tornar-me ao menos a música, ser o ritmo que movia seu quadril. Ela me beijava e enxugava meus olhos com a tranquilidade de quem limpa o nariz de uma criança. Entregava-se com ternura e violência, sem compreender que eu desejava mais do que seu corpo, que ansiava por atravessar o hiato entre nós dois. Precisava do que ela era pela falta que em mim fazia. Queria descosturá-la para remendar os furos que as formigas escavaram na minha fantasia de adulto.

Você se lembra daquele cara da nossa sala que inventou a lichia kamikaze? Não, você não ia às festas nem gostava dos bailes. Era um moleque mais velho que repetiu o ano duas vezes e estudou com a gente na quarta série. Pensei muito nele enquanto estive internado. Tinha me encontrado com ele anos antes, andando na rua de mãos dadas com duas crianças. Eram seus filhos. Ele disse que tinha se casado, depois de terminar o colegial, com uma moça que conheceu na igreja. Estava trabalhando como supervisor numa fábrica de tubos de alumínio. Com um soco no seu ombro, perguntei se andava comendo lichia. Ele fingiu não recordar. Pediu desculpas porque não podia conversar mais. Estava levando as crianças para a creche. A você não parece estranho que os moleques que menos se adequavam ao que nos ensinavam na escola costumem se enquadrar tão bem na vida fora dela? Eu, o bom aluno, o tímido comportado que fazia o dever de casa e levava tudo a sério, fui o que depois estilhaçou. Nas vezes em que me encouraço no cinismo chego a pensar que não precisava de educação e viveria melhor se não tivessem me ensinado a querer tanto dos outros e de mim mesmo, se pudesse ter permanecido aquele pequeno visigodo que fui antes de aprender o sarcasmo e outras formas sutis de violência. Quando conheci aquele cara, ele era a vanguarda das festas. Nas bermudas de flanela xadrez, eu ouvia grunge e olhava as meninas sem saber o que fazer. Foi ele quem um dia botou para tocar uma fita com um rock farofa e, como se não fosse nada, tirou pela primeira vez uma delas para dançar. Ainda era o revolucionário que tinha reinventado a salada mista com a história de que quem pedisse a kamikaze tinha que se trancar com o parceiro, para abaixarem as calças e mostrarem as genitálias. Quase ninguém sabia o que era uma lichia, mas a fruta prosperou nos aniversários até que um pai flagrou a filha, provando, no banheiro da própria festa, o semeador da novidade. Expulso da casa, ele foi embora rindo do mesmo jeito com que saía da diretoria depois de levar uma advertência. Um ano mais tarde, quando a ousadia entrou em voga e eu também já as tirava para dançar, conduzi uma delas a um canto escuro da garagem e à primeira trincadura no meu rosto. Foi aí que percebi que nunca seria como ele. Para mim aquilo não era brincadeira. Senti de imediato que aquele beijo tinha soprado uma bolha na minha corrente sanguínea. A festa, com sua música fácil e sua alegria de plástico, virou de repente a maquete capenga do templo rafado de um deus macilento. Olhei para as pessoas que dançavam e riam, e tive pena delas. Sabia que continuar fingindo era absurdo e que uma vez que começasse a não sorrir, não poderia voltar atrás. Entre os braços do meu primeiro beijo, compreendi que estava sozinho.

Acordei com os dois gigantes dentro do meu quarto. Quando viram que eu havia despertado e que, assustado, me encolhia na cama, botaram as mãos em mim e me disseram para ficar calmo. Minha mãe chorava na sala do apartamento. Eu podia ouvir seus soluços enquanto ainda me esforçava para entender. Quando me dei conta, comecei a lutar. Os homens de branco me contiveram e me arrastaram até a porta de entrada. Minha mãe escondia o rosto com as mãos enquanto eu berrava meu ódio no ouvido dos enfermeiros. Quando conseguiram me arrancar de casa para o hall do elevador, vi as caras de três vizinhos pelas portas entreabertas. Não pude mais conter o choro. Parei de resistir e deixei que me levassem para que acabasse logo aquela humilhação. Semanas antes, quando 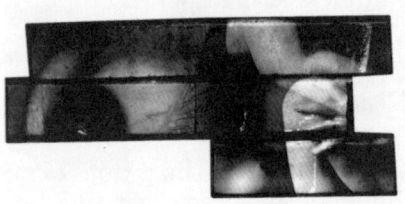 os fulcros do impossível começaram a derruir, desejei transformar-me também em erosão e ser mais uma fissura atravessando o concreto das paredes. Queria tocar, uma a uma, todas as campainhas do prédio. Pedir licença para entrar e dizer a eles tudo o que penso e, quem sabe, tudo o que sinto. Invadir suas casas pela brecha da polidez e infiltrar suas cabeças pela fenda do constrangimento. Esticar bem os braços para alcançá-los do outro lado, antes que o carimbo da loucura me fosse imposto e tornasse a distância intransponível. Na rua, em frente ao prédio, uma ambulância me esperava. Ao passar pela portaria, ainda acenei com a cabeça para o porteiro, que dessa vez não respondeu.

A violência explícita no cinema me excita mais do que a pornografia. Cercada de olhares ávidos, a menina de vestido curto fez uma pausa para colher reações à sua frase de efeito. Não entendam mal, ela continuou enquanto ajeitava os peitos no decote, sou contrária às atitudes violentas. Mas, desde que haja entre mim e elas o fosso de uma tela de tevê, reconheço nesses atos a maneira mais evidente de um determinado poder físico, social, ou psicológico se manifestar e, para mim, nada pode ser mais excitante do que isso. Sim, sim, concordavam os homens à sua volta e disputavam a palavra para aguçar com adendos o raciocínio da cobiçada anfitriã da festa. Aceitariam qualquer alarde porque estavam convencidos de que aquela energia fresca, se pudesse ser tocada, talvez os compensasse pelas horas de solidão. Assistindo à cena, mesmo com três drogas diferentes remexendo ao mesmo tempo as minhas neuroses, eu sabia que fracassariam. A história do fosso era para os trouxas. A menina do vestido curto só respeitava quem se mostrasse capaz de agredi-la. Andei até a cozinha me escorando nas paredes. Sentei à pequena mesa e cheirei mais uma carreira. No começo daquela noite, minha mulher tinha telefonado para dizer que estava me deixando. Fiquei olhando para o gato enquanto o ecstasy fervia catalisado pela cocaína. Por mais que o ódio quisesse me esconder, eu sabia que a culpa era minha, que meus muros desabaram com mais uma racha e que, ao desmoronarem as comportas, eu havia inundado com angústia o espaço entre a matéria e lavado num tsunami de urgência o solo delicado das sementes. A menina do vestido curto queria uma televisão. A programação do micro-ondas era bastante limitada. Quando o gato começou a se debater e fazer barulho, consegui o que ela mais desejava: a atenção da festa inteira. Aos berros do animal, logo se juntaram os uivos de desespero e indignação de mais uma dúzia de mamíferos. A menina do vestido curto vomitou no chão da sala. O gato explodiu antes que alguém pudesse resgatá-lo, impregnando o vidro transparente de uma pasta avermelhada. Recebi com ternura a saraivada de tapas, socos e chutes. Não existe dor, só o vazio que nos separa.

Então você pensou que poderia gostar de ir ao show? A voz tranquila do psiquiatra se esforçava para esconder a apreensão que eu reconhecia no seu olhar. Fiz que sim com a cabeça e ele perguntou se eu tinha falado com ela em algum momento. E dizer o quê? Preciso de você, querida. Preciso de você para explodir no micro-ondas, na frente dos meus amigos. A apreensão no rosto dele se espalhava pela testa. Você quer falar sobre o que aconteceu naquela noite? Não. Já disse tudo o que tinha para dizer. Se quiser saber o resto, vai ter que sujar as mãos. Vai ter que deixar de lado a conversa e usar o bisturi. Ele suspirou. Sua mãe me disse ao telefone que você parou de tomar o remédio e voltou a usar cocaína. E eu digo a você que ela está errada. Houve um minuto de silêncio e ele me ofereceu um lenço de papel, porque meu nariz estava sangrando. Untando as palavras com uma calma afetada, disse que mentindo eu não o enganava, apenas a mim mesmo. Pulei da minha cadeira por sobre a mesa de centro e o segurei pela gola da camisa. Você quer sinceridade? Com um baque súbito e convicto, a franqueza do primeiro soco estourou no rosto dele.

O que usar para preencher essas lacunas onde rugem ondas de fome? Por algum tempo, depois que meu casamento fracassou, tentei entupir os ralos com álcool e cocaína. Pouco depois de ela partir numa turnê internacional com sua banda, eu já sentia a distância crescendo. Quando estava no sanatório, peguei emprestado um livro sobre astrofísica e descobri que eu concebia mal as teorias de origem e expansão do Universo. Imaginava uma explosão que teria projetado a matéria através do espaço, como uma porção de folhas se espalhando numa onda pela superfície de um lago. Porém compreendi que o lago continha no começo todas as folhas numa única gota. Não são os pedaços da matéria que se afastam pelo espaço, mas o espaço que segue crescendo entre eles, como se brotasse do avesso da realidade. É o próprio lago que se expande a cada instante, com mais água irrompendo do subsolo e aumentando com esse fluxo a distância entre os pecíolos à deriva. Fui àquele show com vontade de encontrá-la para dizer que não tinha sido nossa culpa. Que, no seu constante converter-se em distância, é o próprio tempo que nos afasta e encarcera. Quando vi que, no palco, os roadies verificavam os instrumentos, resolvi fugir dali antes que a voz dela me demolisse com os explosivos da saudade. Se eu tivesse tido um pai, ele teria me ensinado a encarar os meus medos. Toda noite, antes que eu fosse dormir, me acompanharia na rotina de investigar as portas do armário e o vão debaixo da cama. Nenhum monstro, seria a conclusão a que chegaríamos. Nenhum monstro, eu repetiria o resto da vida sempre que estivesse assustado com alguma coisa. Como você sabe, meu pai morreu num acidente quando eu tinha poucos meses e, nos cantos escuros do meu quarto, os monstros se propagaram. Virei para olhar uma última vez para o palco e imaginei que minutos depois ela estaria ali dançando. Na falta de uma resposta psíquica adequada, virei as costas e corri para longe.

Dívida

Não adianta. Nem sonhando eu consigo me livrar da culpa. Não adianta, repete um dos carecas enquanto o outro balança a cabeça desesperançada. Sobre a maca, em posição ginecológica, tento esquecer a vergonha enquanto eles me examinam. Vejo o vulto do meu pai sentado numa poltrona. A brasa do seu cigarro brilha na penumbra. O aço gelado dos instrumentos me causa desconforto. Está vendo isso?, pergunta um dos carecas, convidando o outro a inclinar-se mais e debruçando-se entre as minhas pernas. A emancipação está bloqueada. Todas as possibilidades de revolução estão bloqueadas. Sim, concorda o segundo, tirando do bolso do jaleco uma faca comprida e curva. Vamos ter que sacrificar. Meu pai se levanta. Só quando a luz amarela da lâmpada o alcança, enxergo seu velho avental imundo de sangue. A carne podre descolando-se do rosto. Dois buracos escuros no lugar dos olhos. Ele recebe a faca do careca e, com a outra mão, na qual só sobraram os ossos, palpa meu peito, à procura do coração. Suas falanges nuas são ainda mais frias que o metal que me dilacera o tórax.

Acordo sufocando e me agarro com força ao tapete. Meu nariz está entupido. Levanto-me e procuro o descongestionante no armário do banheiro. Duas gotas. Duas bombas atômicas que, quase de imediato, dilatam-me as narinas e me permitem respirar. Maravilha do progresso que faz mal ao coração. Dez gotas devem desentupir um encanamento. Ligo o chuveiro. De olhos fechados, abraçando os joelhos, deixo que a água me reconforte e fico pensando no que ainda devo. Preparo-me para mais uma noite de trabalho. O interfone

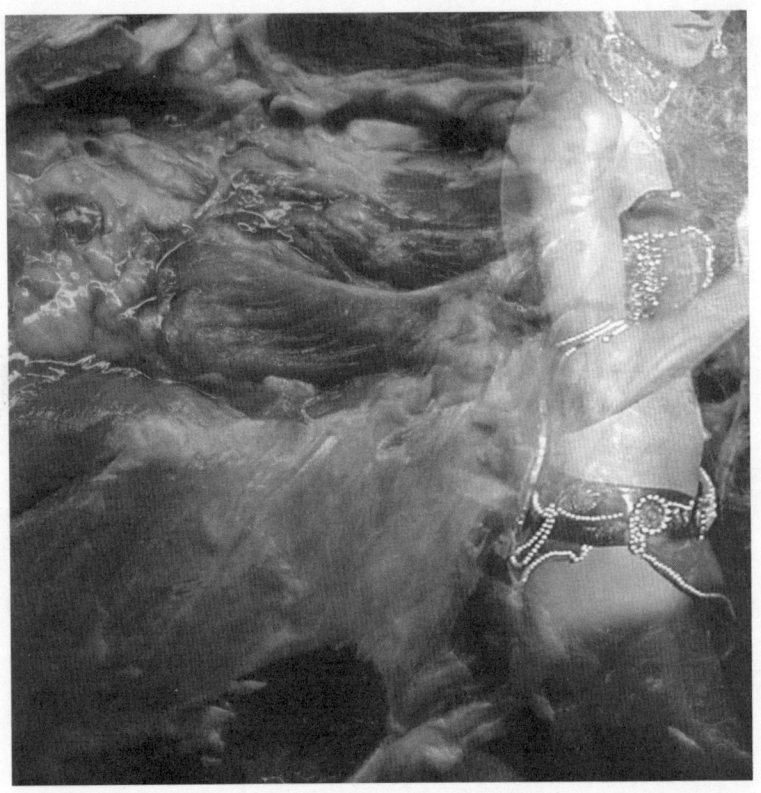

toca. Meu cliente chegou. A cocaína encontra já desobstruído seu caminho para o cérebro. A euforia é quase instantânea. Maravilha do progresso que faz mal ao coração. Olho-me no espelho. Ajeito os cachos loiros com uma escova. Confiro a posição dos seios. O céu da boca e os dentes de cima amortecidos. É boa a farinha. Beijo a boca do meu reflexo e deixo no vidro a marca do batom.

Quando o bonitinho do centro acadêmico disse que no capitalismo somos todos prostitutas, tive vontade de ir embora. O estardalhaço da frase arrancou aplausos da pequena plateia. Todos temos um preço. A vida, a dignidade, a consciência, como qualquer mercadoria, estão cotadas na bolsa. Não consegui esconder o meu tédio. O bonitinho e eu sabemos conquistar as pessoas. Ele acha que é diferente. Eu acho que não. Depois da assembleia, nós nos trancamos numa cabine do banheiro. Do bonitinho eu não cobro. Não em dinheiro. No final, sempre pago em aborrecimento, quando, arrependido, ele se empareda em acessos de culpa.

    A campainha toca. Engulo o comprimido com um copo d'água. Não conheço o cliente: melhor garantir a ereção. Abro a porta para um coroa engravatado. Terno italiano, relógio suíço, sapatos bem polidos. Ofereço uma bebida. Sua mão treme um pouco ao receber o copo. Deve ser a primeira vez. Ele tira um lenço de seda do bolso e enxuga o suor da testa. Calor, não? Faço que sim com a cabeça. Ele olha para a estante. Você estuda filosofia? Não respondo. Ele cora. Bem, acho que não é da minha conta... Seguro-o pelos cabelos e mostro-lhe, latejante sob a minissaia. Maravilha do progresso que faz mal ao coração. Puxo-o para baixo. Ele se submete. O bonitinho ia ficar orgulhoso.

    Na madrugada em que fugi de casa, a caminho da rodoviária, passei pelo açougue do meu pai. Àquela hora, as portas ainda estavam fechadas. Destranquei o cadeado com minha chave. Entrei, acendi as luzes e me pus a contemplar aquele espaço que por mais de cinco anos tinha sido meu inferno. Pendurado num prego, na parede atrás do balcão, seu avental estava limpo. Meu pai o lavava sempre ao concluir uma jornada. Algumas manchas ficavam. Iam se acumulando umas sobre as outras, marcando a passagem do tempo. É provável que fosse bem mais branco quando ele me levou pela primeira vez a um abatedouro. Papai, quanto é que custa um boi? O olhar doce dos bichos, tranquilos, caminhando em fila para o sacrifício, me deu vontade de chorar. Mordi o lábio e apertei a sua mão. Ele ficou um tempo bagunçando meu cabelo e, quando falou, sua voz me pareceu diferente. Não fique triste, ele me disse. Eles não sabem que vão morrer. O engravatado acaricia minha cabeça raspada e suspira. Você é tão bonito. Eu só quero que ele vá embora. Deixa o dinheiro em cima da mesa, digo sem fitá-lo. Ele segura minha mão e sussurra. Você sabe que não precisa ganhar a vida desse jeito, não sabe? Quero dizer, você me parece um rapaz inteligente. Por que você não passa no meu escritório amanhã? Leva um currículo. A firma está crescendo. Temos contratado gente nova. A voz dele me parece um ruído distante, envelhecido. Como as gravações muito antigas das óperas que meu pai ouvia numa vitrola que comprou quando era jovem. Não preciso de trabalho. Só preciso terminar de pagar o tapete da sala. Acontece que uns são mais putas que os outros. O resto não faz diferença. Deixa o dinheiro em cima da mesa. Ele se levanta com um novo suspiro. Tira as notas da carteira e as coloca sobre o móvel. Vou te deixar também meu cartão. Pense bem no que eu disse. Você tem a sorte de ter estudado. *Fortunatissimo, fortunatissimo, fortunatissimo per verità.*

Quando empreendi pela última vez a longa viagem de volta, meu pai me esperava num caixão. Ainda bem que você veio, disse minha mãe no velório. Seu pai te amava muito. Você precisava ver o quanto ele chorou quando você nasceu. Chorava mais do que você. Nunca deixou de te amar. Nem depois que você foi embora daquele jeito, sem nos avisar, nem comunicar por que ou para onde ia. Eu poderia dizer que nunca tinha ido embora. Que partir era uma liberdade da qual não tinha disposto, uma escolha que não tinha feito. Que quem foge o faz às pressas, sem grandes deliberações. Que eu não poderia suportar a vergonha de ter ficado. Nem queria uma vida de proscrito, sempre com medo de erguer os olhos. Que, de antemão, a culpa e o rancor não tinham deixado espaço para o afeto. Poderia ter dito. Talvez fosse o momento. Preferi ficar em silêncio.

Sozinho outra vez. Exausto, deitado sobre o tapete. Acendo um cigarro e a sensação de relaxamento é imediata – maravilha do progresso etc. Aproveito o fogo do isqueiro para queimar o cartão que o engravatado me deixou. Lembro-me de chorar e não consigo. Meu pai dizia para eu não ter vergonha. As lágrimas revigoram, abrem os pulmões, fazem bem ao coração. Se o choro não importasse, não o aprenderíamos no primeiro contato com o mundo. Chora, meu filho. Enfiado nos braços dele eu chorava por tardes inteiras. Com um medo enorme de me expor aos outros. Com um medo maior de ficar sozinho. Agora não consigo. A solidão me embriaga de urgência em cada gesto. Não consigo. Meu pai morreu e alguma coisa entupiu em mim.

Uma dívida a pagar. Toda noite, como um totem de expiação, o tapete da sala recebe minhas oferendas de suor. No fim do mês, são os juros e as prestações no banco. Os caminhos apaixonados do prazer requerem a garantia de um plano de fuga. Não vou mais procurar o bonitinho. É fácil para ele se dar ao luxo das metáforas, dos arrependimentos. Não tenho tempo a perder com palavras e promessas. Quando a dor de ficar é maior, é esse o momento de virar as costas. Uma dívida a pagar. Depois, quem sabe. O futuro é alucinação. Quantas vezes me disseram que as drogas não passam de uma fuga? Fugir, sim, é que é uma grande cocaína. Assim mesmo, como sempre faço. Sem palavras, sem adeus.

Aconteceu muito rápido. Ninguém teve tempo de reagir. Seu pai e os outros deixavam o pasto, caminhando devagar, de costas para ele. Um animal arrogante, acostumado ao respeito dos peões. Não gosta de ser ignorado, muito menos de que lhe virem as costas. Partiu em silêncio, sem ameaças que pudessem anunciar sua maldade. Atingiu seu pai com um único golpe, no meio das costas. Os outros, com o susto, correram e dependuraram-se na cerca. Seu pai foi arremessado para cima. Um acrobata desprevenido. Caiu com a cabeça no chão e todos ouviram o estalo do pescoço se partindo. Morreu na hora. Nada que pudéssemos fazer. O fazendeiro e eu contemplávamos em silêncio o touro que matou meu pai. Do meio do pasto, fingindo indiferença, ele também nos observava. O que vai acontecer com ele agora? Olha, garoto, eu entendo que você esteja triste, mas aquilo foi um acidente. Não se pode culpar o bicho. Esse touro é um bom reprodutor. Vale muito dinheiro. De olhos fechados, eu procurava no silêncio uma resposta. Foi o frio quem primeiro a encontrou. Um arco sibilante cortando a coluna ao meio com uma guilhotina. Quanto dinheiro? Minha voz parecia a de um personagem num sonho.

    Recolho do chão os peitos e a peruca. Meu reflexo no espelho não se parece em nada comigo. Abaixo-me para lavar o rosto na pia. Ergo os olhos mais uma vez. Sobre a minha cabeça, a marca de batom é uma auréola cor-de-rosa. Um formigueiro toma conta do meu braço esquerdo. Deito-me mais uma vez sobre o tapete da sala. Tenho dificuldade para respirar. Um infarte agora seria o final previsível de uma velha piada, repetida nas vielas e nos becos. Talvez só mais um ataque de pânico. Viver é questão de probabilidade. Nu, coberto de suor, sobre o couro do assassino do meu pai, espero que meu coração se decida.

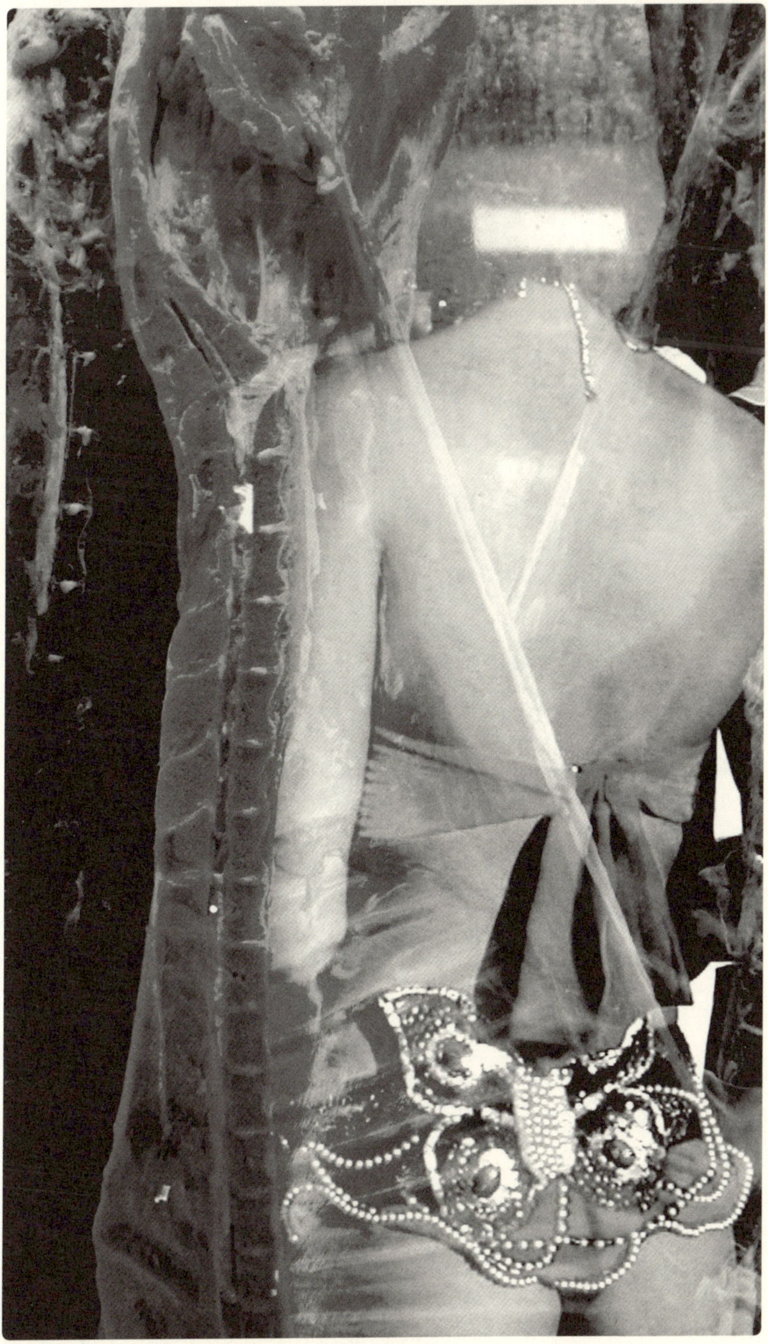

10 km

Quando já estiver podre, dias depois, vão me encontrar. Velado por formigas, que na falta de outro acepipe vão se refestelar sem cerimônia com o cadáver azedo. Repito, antes de abrir os olhos, que solidão é uma palavra. Dormindo, sinto que não há por que nem de que ter medo. É difícil sair da cama. Sonhava com mulheres e revólveres. Prefiro não saber as horas. As mulheres dormiam à minha volta. Não sei bem quem eu matava.

Cansado de sonhar, por vezes corro. Ganho maratonas e desperto de madrugada, dançando tango numa rua sem saída. A corrida aumenta o fôlego para a dança. A dança melhora a postura para a corrida. Minhas costas doem quando durmo demais – um lembrete para me sentir culpado. O professor mais se exibe do que ensina. O ventilador da academia é o mesmo da escola da infância. Sinto falta das pistolas. O espaço-tempo me parece crivado de vermes. Um tiro preciso estraçalhava a coluna e o deixava paraplégico. Em meio ao escândalo, eu a buscava e mordia seus tornozelos. Depois me levavam para o sanatório do canto do parque. Repito, pouco antes de completar o primeiro quilômetro, que insanidade é uma palavra. Por trás das grades, os loucos me dão boa-noite. Não respondo. Quando estou correndo não sou gente. Sou sereno e quieto como as pistolas.

Ou revólveres. Apontava para o umbigo, pensando em acertar a coluna e, antes disso, os intestinos. Sempre que a ambulância chega com mais um interno, o ar em volta do parque fica denso. Quem corre sente dificuldade. Todos ignoram a saudação dos loucos, que gritam um tempo e depois se cansam. Ou alguém os dopa. Há sempre uma enfermeira em segundo plano. Às vezes, penso que não seria de todo mau que uma enfermeira me entorpecesse quando as coisas ficassem tensas. Sobretudo se ela tivesse o cheiro da menina da aula de tango e o mesmo par de tornozelos. Repito, ultrapassados cinco quilômetros, que obsessão é uma palavra. Houve um tempo em que eu me apaixonava por abstrações. Hoje só enlouqueço por armas de fogo e pedaços de mulher.

Elas faziam fila à beira da minha cama. As pistolas ou revólveres surgiam da lateral dos músculos das coxas, emergindo de feridas que se abriam na minha pele. Sozinho, é contra o tempo que corro. Fujo. Acelero no espaço-tempo para retardar o tempo-espaço sem perder o ritmo. Quem sabe o cabelo dura mais uns anos, a ereção, mais uma década. Repito, conquistados quatro quilômetros, que velhice é uma palavra. Os loucos do parque vivem fora do tempo, suponho, pela maneira como me olham. Minha velocidade orbital nem sempre é constante. Impossível determinar de antemão quanto tempo entre um boa-noite e o da volta seguinte. Os loucos e eu não usamos cronômetro.

Se John Wheeler dançasse tango, talvez inseguro, olhasse para baixo e visse os tornozelos dela. Como bolsista da academia e portador de revólveres, estou proibido de olhar nessa direção, reservada aos principiantes desarmados. Posso, sem complicações, mirar nos seus peitos por toda a música. Posso fixar-me nos seus olhos, que me seriam negados com polidez, quem sabe eles próprios apontados para o chão, sobre um sorriso de incerteza. A cabeça e o tronco eretos, olho para a frente e procuro controlar a respiração à medida que se aproximam o último quilômetro e a arrancada final. Repito que realidade é uma palavra. Acordado penso que estou sonhando.

Acelero. Meu braço, tenso, pressiona-a contra mim sem saber se ela existe. A fila de dez quilômetros em volta dos loucos termina na minha cama. Com os revólveres nas mãos, corro o mais rápido que posso. Não paro para dar boa-noite. Não tenho tempo de reconhecer os pedaços de mulher enfileirados em torno do parque. Furiosos, os loucos se debatem contra as grades encharcadas de baba. Fujo. Não posso olhar para baixo. Inversa, irônica vertigem. Fecho os olhos e me concentro no seu cheiro. Repito, já quase sem fôlego, que amor é uma palavra. Com meus próprios tornozelos, busco o contato dos dela, para assegurar-me de que estão ali. De que não vou pisar seus pés, por ansiedade, nem deixar, por covardia, que eles se afastem demais dos meus. A fumaça dos canos só me inspira incertezas. Sinto nossos pés se fundindo. Silêncio. O calor das pistolas indica que alguém morreu. Não sei se quero estar acordado. Sozinho. Até que alguém me encontre coberto de formigas, dias depois, quando já estiver fedendo.

Fortuna

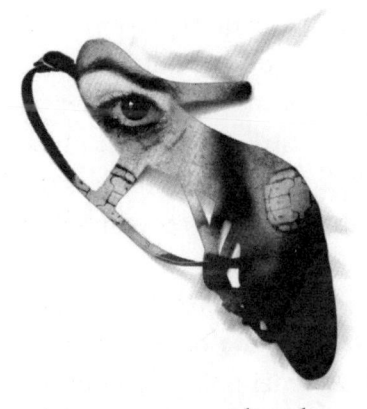

Por dias, a cidade permaneceu quieta. Não sei dizer por quanto tempo – que já não era senão argamassa – as ruas se mantiveram escondidas. A espera calcificou encanamentos e entupiu capilares. O sangue chegava tarde às extremidades e o vermelho procrastinado de tantos olhos insones concorria para a escuridão das noites. Nem os loucos desafiavam o silêncio. Quando muito, ouvia-se o resmungar eventual de uma criança perdida, cansada de chorar sem receber atenção. Na praça em frente ao trono do visitante, a multidão exausta aguardava uma resposta.

O destino está escrito nos números. Cada dia, cada palavra, cada pessoa no caminho. O café com pão-na-chapa no pé-sujo da esquina. Os empurrões para entrar no trem. Os fios dos fones de ouvido e o silêncio no vagão. A nostalgia dos sonhos da madrugada. Os empurrões para sair do trem. As pastas de trabalho e as gravatas afiadas. Tudo previsto. Pessoas se esquivando dos panfleteiros. Não faz muito tempo eu passava assim as manhãs, distribuindo folhetos sobre os serviços que prestava no resto do dia. Não preciso mais. A clientela cresceu e o trabalho aumentou. Tudo previsível. A retomada dos estudos e o ingresso na faculdade. O caminho continuou estreito. Quase nada mudou. A vida segue o destino que está escrito nos números.

Era esse, aliás, o título do meu anúncio. As clientes agora falam de mim umas para as outras. O que é bem melhor. Elas preferem mistério e discrição. Gostam de falar nos seus chás e salões de beleza sobre a vidente talentosa que descobriram. A minha numeróloga é incrível, é o que costumam dizer. Gente rica gosta de se apropriar dos outros. Minha vidente não é dessas ciganas ordinárias que distribuem papeizinhos com erros de português. Os poderosos não leem folhetos de rua. Esses são para o grosso do público. Quem tem dinheiro não gosta de sujar as mãos com outra coisa.

Vejo meus próprios dedos sem saber quanto eles me pertencem, desde a época em que os usava para ordenhar vacas no sítio onde meu pai trabalhava. Acordei hoje pressentindo que há algo importante sobre o gigante no meu sonho. Talvez ele tivesse a resposta para as perguntas que ainda busco. Sobre a minha mesa, o envelope do banco é mais um oráculo. A campainha do consultório toca. Aperto o botão que destrava a porta da antessala. Basta saber interpretá-los. Os números impressos no extrato anunciam um futuro difícil. Vou atrasar mais uma vez o aluguel e continuar sentindo culpa pelo deslize na liquidação de sapatos caros. Chiques como estes da mulher que agora se senta, examinando tudo à sua volta. Pelo monitor, conectado a uma câmera e a um microfone escondidos, vejo seu rosto se encher de desprezo. Enquanto espera, ela fala ao celular com uma amiga e folheia uma revista. Os sapatos, as roupas, as joias, são enfeites que exibem os escolhidos. Basta saber reconhecê-los. Assistência social ou plano de saúde, ensino público ou privado, corte e costura ou balé, trabalho ou cursinho, patroa ou empregada, inveja ou depressão, crack ou cocaína, mais um filho ou mais um amante. São os números que escolhem tudo.

A dona dos sapatos caros permanece calada à minha frente. Quer ver se sou capaz de saber sem que me diga. Sorrio para ela. A incredulidade inicial faz parte da rotina. Peço seu nome completo e data de nascimento. Finjo fazer contas no papel e aproveito para examiná-la de perto. A roupa, os adornos, o vocabulário e o sobrenome denotam que é rica. A aliança no dedo, que é casada. O desprezo por mim indica o orgulho de alguém conservador e preconceituoso, talvez aristocrata. O discurso ao celular, na ligação que há pouco fez à amiga, sugere leviandade. O tom de pele, a cor dos olhos, dos lábios e da língua, o rosto corado e rechonchudo com os sinais da idade, mas sem olheiras fundas, implicam saúde, apesar dos sessenta e três anos. Na expressão, os sinais de contrariedade e angústia revelam que me procurou a contragosto. Algo a atormenta o suficiente para sobrepujar sua repulsa.

Os profissionais do destino costumam dividir as preocupações humanas em três categorias: vitalidade, ambição e amor. Minha cliente não parece ter uma doença grave. Está velha, mas para lidar com isso prefere a ciência e os cremes importados.

É rica e a futilidade desinteressada e asséptica de seus modos e de sua fala ao telefone não combina com grandes ambições públicas ou profissionais. Sobram as desventuras do amor, desde logo as mais prováveis. Sem muito mais o que fazer, as bacanas de meia-idade distraem-se do tédio de sua vida com intrigas de amantes clandestinos. Depois, já velhas como essa, lançam-se numa cruzada de redenção do casamento apodrecido, ao mesmo tempo que buscam um lampejo qualquer de espiritualidade para o declínio final de sua vida. Presas dóceis para embusteiros bem treinados.

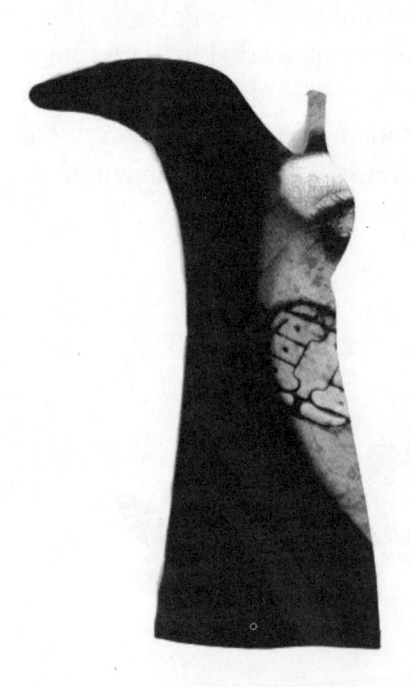

Os números indicam que a senhora deve passar por turbulências amorosas. Um bom profissional do destino nunca especifica o tempo dos verbos nem afirma nada com certeza. Ela tenta não reagir. Impossível. Ninguém é mais forte do que milhares de milênios de seleção natural. Nosso corpo é estimulado desde que nascemos a expressar suas emoções, antes mesmo que tenhamos nomes para elas. Questão de sobrevivência. A ligeira ascensão das sobrancelhas e a quase imperceptível dilatação das pupilas revela surpresa. Estou no caminho certo. Sem se dar conta, ela esfrega o indicador da mão direita na aliança da mão esquerda. Dificuldades com seu casamento. É por isso que a senhora veio me procurar. Ela se rende. Seus lábios chegam a descolar-se um do outro. Entrei. Estou dentro da sua cabeça e ela acha que me seria impossível conhecer suas inquietações senão pelo meio místico. Não sabe, ou prefere ignorar, o quanto se assemelha a todas as outras. Há ocasiões em que vejo nelas o inimigo. Outras vezes penso que também são engrenagens e que no comando do sistema há apenas um algoritmo determinista. Em sua agenda cor-de-rosa, a mulher toma nota dos meus conselhos. Talvez a teoria da conspiração não seja paranoia, e, sim, esperança de se apontar um responsável. Mudar algumas letras na assinatura do seu nome. Acordar às sete e sete todas as manhãs. O poder que têm os números vem da crença que depositamos neles. Digo a ela o preço da consulta e não vejo no seu rosto um traço sequer de contrariedade. Sorrindo, ela desenha no cheque uma porção de algarismos. São os números que controlam tudo. Quase ninguém sabe que eles não existem de verdade.

    Acordei com o barulho dos gritos na rua. Minha cama chacoalhando sem que nela um segundo corpo se agitasse sobre o meu. Não. Era o quarto inteiro que balançava a intervalos regulares. Cansados de esperar por uma foto, os porta-retratos se atiravam das paredes. Vazios, seus vidros se espatifavam pelo chão. Na ponta dos pés, tentando evitar os cacos, caminhei até a janela. Uma coisa grande se dobrou e passou voando na minha frente, seguida de perto por outra idêntica e dobrada do mesmo modo. Demorei para entender que o que eu tinha visto eram joelhos. A comoção lá fora aumentava a cada instante. Vesti apressada uma calça e um casaco por cima da camisola. Preocupada com uma improvável pane no elevador, desci correndo os muitos lances de escada. Quando por fim dobrei a esquina com meu peito explodindo e o vi, já distante no final da longa avenida, senti, pela primeira vez em muito tempo, alguma vontade de chorar.

Não sei se lhe importava ser a sentença de todos. Se a suspensão de tantas vidas fazia para ele a menor diferença. Seu rosto barbudo, com o olhar triste – na medida em que costuma ser triste o olhar de um gigante, me era de todo imperscrutável. Não sei se nos inquiria ou espreitava. Se trazia consigo a morte ou os segredos precípuos da vida. Sua presença implicava uma revolução imensa, cujo sentido nos escapava. Sentado no topo do edifício mais alto, olhava à sua volta com olhos maciços, enquanto, angustiados, esperávamos um desfecho. Ao meu lado, um senhor que eu não conhecia apertou meu braço com força. Seus olhos assustados fixos no colosso. Por toda parte, as pessoas se agarravam umas às outras, enternecidas de pavor. A urgência imobilizou as contorções fúteis da manhã. Nunca houve, na cidade, tão insuportável silêncio.

Basta saber reconhecê-los. Os algarismos dourados que marcam a casa dele são grandes e redondos, como se tivessem engordado com os anos. Parecem os carrapatos que, ainda menina, eu arrancava do couro das vacas. Inchados de sangue. Com um pouco de pressão entre o polegar e o indicador, eles explodiam. A casa onde cresci não tinha número. Era mais um casebre de tijolo à vista perdido num latifúndio. Os números nunca assinalaram meu destino. O motorista fala alguma coisa no rádio. É o abre-te-sésamo da caverna deles. Não, não existe maneira limpa de se ganhar tanto dinheiro. O portão se move. A sorte dos carrapatos é que as vacas não têm dedos que os alcancem. Vejo-o do lado de dentro, esperando com um sorriso ensaiado. Meu plano de fuga. Ele se antecipa ao motorista e abre a porta para mim. Entramos na casa de mãos dadas. Imóvel, no sofá da sala, a mãe dele me examina com o mesmo cuidado com que observo minhas clientes. Então você está terminando a faculdade? Confirmo com a cabeça. Ela tenta esconder a agressividade atrás de uma taça de vinho. Que língua você estuda? O tom amistoso não engana. Inglês, respondo desconfiada. Pois eu estudei francês, espanhol e italiano. Minha guarda está erguida. Capricho na falsa admiração: e você fala todos esses idiomas? Ela cora. Não pode mentir na frente do filho. É que com o tempo acabei esquecendo. Pausa. Troca de armas. Mas com que você trabalha mesmo? Sou numeróloga. Nossos olhares se encontram. Silêncio. Ela espera que eu demonstre insegurança, que tente me justificar admitindo a inferioridade do modo com que ganho a vida. Apenas mastigo a salada e sorrio com os cantos da boca. Ela se irrita. E seus pais, com que trabalham? Golpe baixo. Já chega com esse interrogatório, mamãe. Como eu queria, bem na frente do juiz.

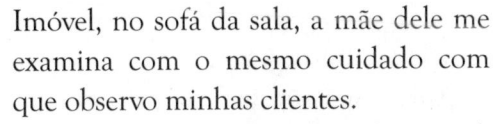

O quarto dele é do tamanho do meu apartamento. A proporção entre uma vida e outra vida se calcula com uma regra de três. Ao ritmo de beijos esparsos ele tira minha roupa e, pela primeira vez desde que o conheci, não o impeço. O corpo dele se agita sobre o meu e me lembro do meu sonho. Antes de dormir ele se diz orgulhoso do modo como me defendi de sua mãe. Que ela só quer protegê-lo, por achar que quem se aproxima dele está atrás de dinheiro. Eu poderia dizer que os números pouco importam, não existem. Tudo que quero é que ele me esconda do tempo, que me salve do deserto que todas as manhãs me espera nos vagões. Melhor é ficar aqui. Na indolência desses braços, onde, com persianas e vidros antirruído, os números protegem nosso sono até o meio-dia.

Sob o sol, um gari da prefeitura varria o chão da praça enquanto homens vestidos de branco carregavam os corpos para os camburões. Aos poucos, a cidade recobrava o sentido do tempo. Andaimes apareceram junto às feridas no concreto. Atarantadas, as pessoas reencontravam sua rotina e a cidade convalescia. A memória da invasão permaneceria no organismo. Lembrança incômoda que se evita por medo e embaraço. Não faltaria quem negasse a passagem ou falasse em alucinação coletiva. Um projeto de lei chegaria a ser escrito proibindo o assunto de ser discutido. Nunca seria aprovado, nem era preciso. Poucos seguiriam dispostos a empregar a palavra gigante.

Aconteceu na primeira claridade da manhã. Talvez tenha bastado que os nossos olhos se perdessem por um segundo. O senhor, que ainda segurava o meu braço depois de dias, balbuciou alguma coisa. Sumiu. Foi a palavra que em sussurros se espalhou pela multidão. Sumiu, repetíamos com surpresa maior do que a da chegada, esfregando nossos olhos ainda mais incrédulos do que cansados. Sumiu e nos deixou entregues a nós mesmos. Sem juízo, sem sentença. Sozinhos numa multidão de desconhecidos. Esvaeceu-se numa ameaça vazia, numa promessa esquecida, sem deixar para trás nada que mudasse nossa vida. Constrangido, o senhor que eu não conhecia por fim largou o meu braço.

Estive pensando... nem sei como dizer isso. Precisamos conversar: acho que nosso namoro não tem muito futuro, ele titubeia ao telefone. Posso dizer a você com sinceridade que cheguei a acreditar. Mas ontem, depois que transamos, senti apenas um vazio, uma solidão que me diz que essa é uma realidade infeliz em que a verdadeira comunhão é impossível. Não é com você o problema. Você só precisa aprender um pouco mais de etiqueta. Alface não se corta no prato, deve ser dobrada com os talheres e comida inteira. Sei que parece um detalhe, mas minha mãe reparou. Enfim, isso não é importante. Sei que com o tempo você aprenderia. O problema é comigo. Não sei o que dizer. Deve faltar um pedaço do meu DNA que permite às pessoas um amor duradouro. A verdade é que sou um aleijado. Espero que possa me perdoar.

Longo silêncio na linha. Os rituais identificam os intrusos. Meu pulso acelerado latejando na orelha apertada contra o telefone. Não é surpresa. Prevalece a fortuna prescrita nos números. Sequer estou magoada. Talvez ele espere que eu me desculpe pela alface cortada, que implore por mais uma chance.

Apenas um vago sentimento de culpa por ter achado que podia fugir sozinha. Silêncio ainda e, por fim, alguma vontade de explodir, de dar vazão à raiva. Bobagem. Desligo o telefone sem dizer nada e tento não pensar mais. Os porta-retratos na parede permanecem vazios. Não trouxe comigo nenhuma foto do meu pai. Ao se despedir de mim, ele me disse que eu seria feliz, porque era mais inteligente e esperta do que ele. Arremessados, os vidros se despedaçam contra o chão, como no sonho. Na ponta dos pés, tentando evitar os cacos, caminho até a janela.

Frio

O nome dele é Quinze. Nas vezes em que por distração me enterneço e o acaricio, ele me envolve com o peso de suas patas, apertando-me até me sufocar. É preciso paciência para suportar seu abraço. Ficar imóvel e respirar pouco até que ele enjoe e relaxe os músculos. Enquanto não me solta, seus pelos longos entram por minhas narinas e me obrigam a fechar os olhos.

Quando os abro outra vez, não vejo mais o Quinze. Ele pertence à vida de olhos fechados. Aqui fora, só o edredom me envolve e me protege do frio que me mantém no sofá. Ouço a oitenta e sete me chamando do quarto. O frio me amolece por fora e o Quinze me imobiliza por dentro. Doze horas. Em média, é o que durmo num dia. Metade do tempo sou; a outra metade eu sonho.

Quanto ao espaço, não gosto de dividir minha cama. A vida de olhos fechados é como a morte: não se compartilha. Enquanto oitenta e sete dorme, escapo do arame de braços e pernas. Fujo para o sofá. Tive um pesadelo com números outra vez. Por algum motivo, as mulheres se ofendem de manhã, quando dão por minha falta. Sonhar, para mim, é coisa séria. Volto para a cama constrangido. Murmuro uma desculpa qualquer. Oitenta e sete dá de ombros e me puxa sobre si.

A indiferença dos algarismos sempre me assustou. Ou talvez fosse só a certeza de que mais uma vez a professora de matemática nos colocaria em dupla. Eu não gostava. Ficar meia hora sentado ao lado de uma menina me dava dor de barriga. Não acontece mais – ainda fico nervoso. O Quinze, quando me vê assim, chora de tanto rir.

Há mais de dez anos que sonho com ele. Numa das primeiras vezes, me disse que seu nome era 157389542238907 58900765345346. Não quero saber o seu nome. Quero saber quem é você. Será mesmo que você não entende, garoto? Eu sou o que é melhor em silêncio. Sou o vazio cumulativo das frases que você não entende. Pode me chamar de Quinze. Quando você for mais velho, você vai numerá-las. Ela é a número oitenta e sete. Já coleciono há alguns anos. Que apartamento bonito. Onde é o banheiro? Enquanto isso, ligar a câmera. Foi o Quinze que me deu a ideia. Pego uma folha em branco na gaveta e, com uma canetinha azul, desenho com capricho um oito redondinho e um sete todo esbelto. Seguro a folha na frente da câmera por uns segundos. Oitenta e sete sai do banheiro. Estamos prontos para a cena.

A menina da aula de matemática tinha um nome, que – embora eu nunca tenha transformado em número – esqueci. Tenho a impressão de que era um conjunto bonito de sons. Eu pensava que não gostava dela – depois descobri que gostava. Quanto mais me dava conta, mais violentas ficavam as cólicas. Não conseguia terminar os exercícios. Pedia para ir ao banheiro. A professora não deixava. Tirei oito e meio numa prova e chorei na frente de todo mundo. Num impulso agressivo e esquisito, perguntei quanto ela tinha tirado. Nove. Tomei a sua prova. Mentira. Tinha tirado dez. Quando vi o rosto dela enrubescer, achei que ela também gostava de mim. São raros os momentos em que me importo – é quando o Quinze mais me aperta.

Algumas vezes tenho medo. A voz do Quinze reverbera com muita força. É difícil dizer não. Uma noite, ele me pediu para matar. Não. É você que não entende. Você é gigantesco. Não é o absoluto, não é o infinito. Não – eu sou o implacável.

Vai ficar bonito o sangue dela no lençol. Uma boa cena. Com um facão bem comprido. Quero que você a escolha bem.

O escuro das casas noturnas dificulta a seleção do que, nos filmes, vai aparecer com a luz. Beber seria um erro. A cada um dos flashes da lâmpada estroboscópica, é preciso examinar os detalhes com cuidado. Inúmeras candidatas ao número oitenta e sete. O mais difícil é convencê-las a irem para casa comigo. Têm medo de psicopatas. Como sua mão é quente. Mão fria, coração quente, é o que dizem por aí. Mas a sua mão é quente. É... sou o contrário do ditado: o mundo me virou do avesso. Não entendi. Foge comigo. Oi? Foge comigo. Para onde? Não importa. Nem sei quem você é. Eu poderia dizer um nome, ou vários: acontece que sou uma equipe. Você é louco, isso sim. Vem, vamos embora daqui.

Vamos embora, vem. Foge comigo. Com um pé já na grade da escola ela se preparava para o pulo e me estendia a mão ao mesmo tempo. Tive medo. Meus intestinos gritavam. Anda, seu bobo. Mas vão nos expulsar. Expulsam nada. Anda logo, foge comigo. Eu tenho que ir ao banheiro. Ela saltou a grade e desapareceu pela rua. Do lado de dentro, eu podia senti-lo afiando as garras.

O nome dele é Quinze e por vezes penso que ele é o frio. Não o frio do ar, nem o frio da lâmina – o frio de dentro. É o nome que dou – não faz diferença – para essa solidão que me separa das pessoas. Essa tendência que os outros têm de me machucar e de me pedir que eu os machuque. O nome dele é Quinze e ele se alimenta do meu medo, dos momentos que escolho não viver.

No carro, a caminho de casa, planejo os detalhes da cena. Escuro ainda. Poucos automóveis na avenida. Preciso arrumar uma claquete de verdade. Algumas pessoas já aguardam, nos pontos, o ônibus que as levará ao trabalho. No rádio, a música diz que é melhor ser dono de um coração solitário do que de um coração partido. A oitenta e sete me conta toda a sua vida. Espero que ela esteja usando uma calcinha interessante.

Glúteos

Ele responde que todo brinquedo tem o direito de ser inútil. Não sei o que quer dizer, mas a resposta me magoa. Vontade de chorar. Demoro um tempo para entender que foi um sonho. 5h57. Só três minutos. Não vale a pena ficar aqui. Começo a me trocar. Frio. O sonho ainda se mistura. Com o alívio do choro, a culpa de se entregar. Uma fraca. Lá fora, as pessoas têm problemas. Sempre tanta coisa triste no hospital. Meu analista acha que não passo de uma histérica. Fala comigo olhando para as minhas pernas. Todo brinquedo tem o direito de ser inútil. Escrevo várias vezes numa folha de papel.

Sobre a esteira, o mundo fica mais simples. A partir de determinada frequência cardíaca, o presente é mais presente. Preciso superar a culpa. É o que o analista espera de mim. Remorso por pensamentos malignos é sinal de infantilidade. Os primeiros olhos do dia me tiram de mim mesma. O instrutor dá um tapa nos meus glúteos. Sente mais orgulho deles do que eu. Fui eu que fiz essa escultura: você está a cada dia mais gostosa. Sinto meu rosto pegando fogo. Sei o quanto, no fundo, ele me quer. Ensaio um sorriso tímido. Acho que dói mais nele do que em mim.

Quando termino o último ponto, a garota me pergunta se vai ficar uma cicatriz. Faço que sim com a cabeça. Ela chora. Só uma marquinha. Não é isso: me sinto burra pelo que aconteceu. Sorrio: você sabe guardar segredo? Abro alguns botões da minha blusa e mostro o nome tatuado. Pisco o olho e bato com a mão espalmada na própria testa. Rimos juntas por algum tempo.

Claro que sim. Afinal, o que eu não faria por você? A pele manchada dos seus dedos desliza sobre minha bochecha num carinho paternal. Você vai ser uma grande cirurgiã. Vontade de abraçá-lo. Obrigada, doutor. O senhor não vai se arrepender. Viro-me e sinto os dedos dele me beliscando. Sorrio constrangida. Meus olhos se enchem de lágrimas.

No dia do acidente, ele me disse que estava cansado do meu ciúme e das minhas cobranças. Para me fazer chorar, disse que ainda me amava. Quero que você morra, foi a minha resposta. A última coisa que eu disse antes que ele vestisse o capacete e saísse batendo a porta.

Quando eu fizer trinta anos, metade dos homens vai parar de olhar para mim. Não adianta fazer essa cara. Você sabe que é verdade. Não importa. Talvez signifique alguma liberdade.

Não se preocupe: não sou hipócrita. Não vou fingir que não tenho medo. Casar não resolve nada. O único plano de fuga é morrer antes dos trinta.

Um perfeito cavalheiro. O que não quer dizer que não seja uma besta. Ao fundo, o som monótono do piano. Aparecer com flores, abrir a porta, puxar a cadeira, pagar o jantar, usar camisinha. Ele domina o protocolo – não esconde a ansiedade de me vencer. Quanto mais perfeitos eles se mostram, quanto melhor é sua técnica, maior é a vontade que sinto de dizer não. Os dedos do pianista tropeçam numa tecla equivocada. A dissonância me lembra o ruído dos freios do caminhão. Minhas mãos se afastam da dele. Meu olhar desencoraja a insistência. Todo brinquedo tem o direito de ser inútil. O analista deve ter razão.

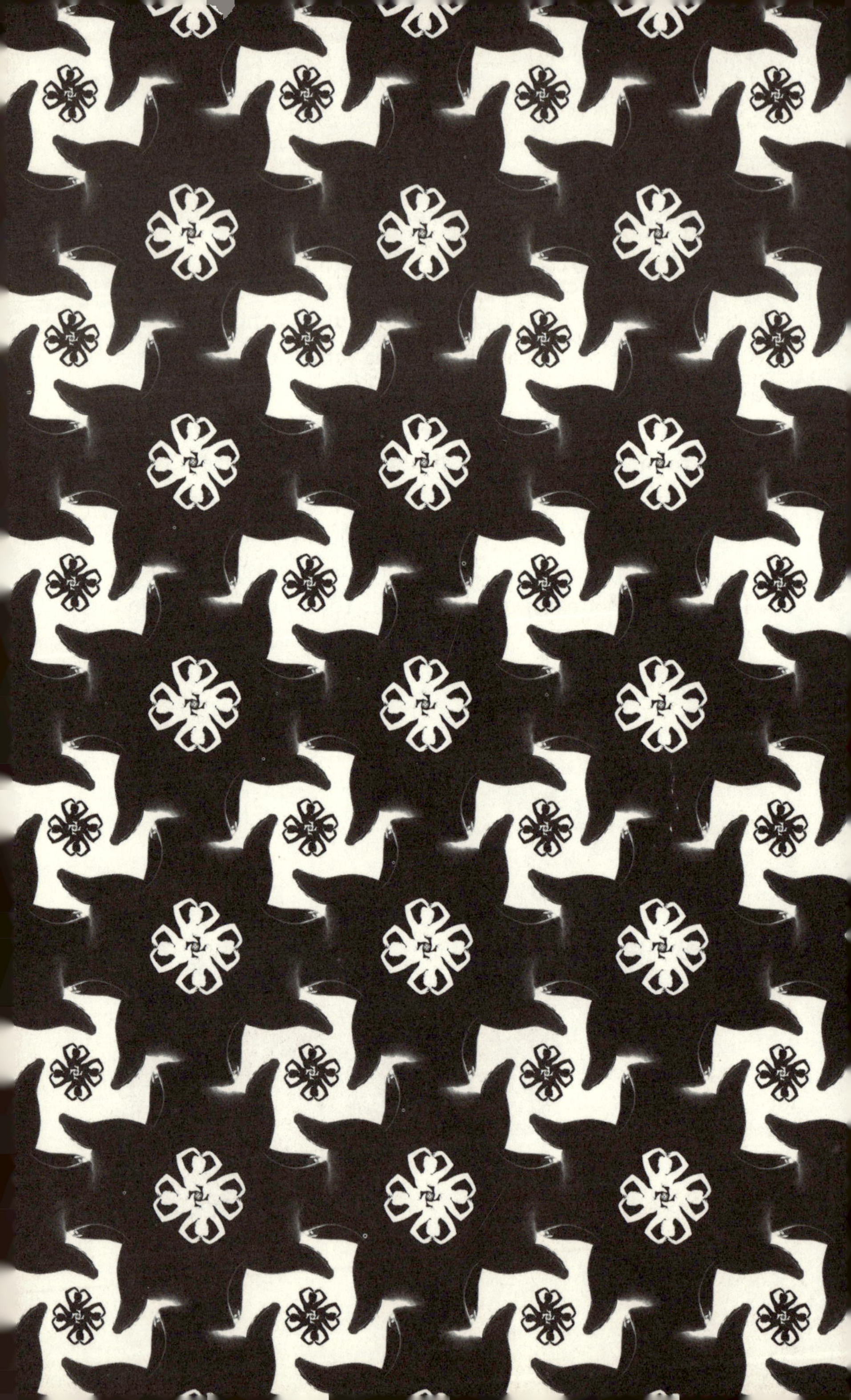

Em silêncio

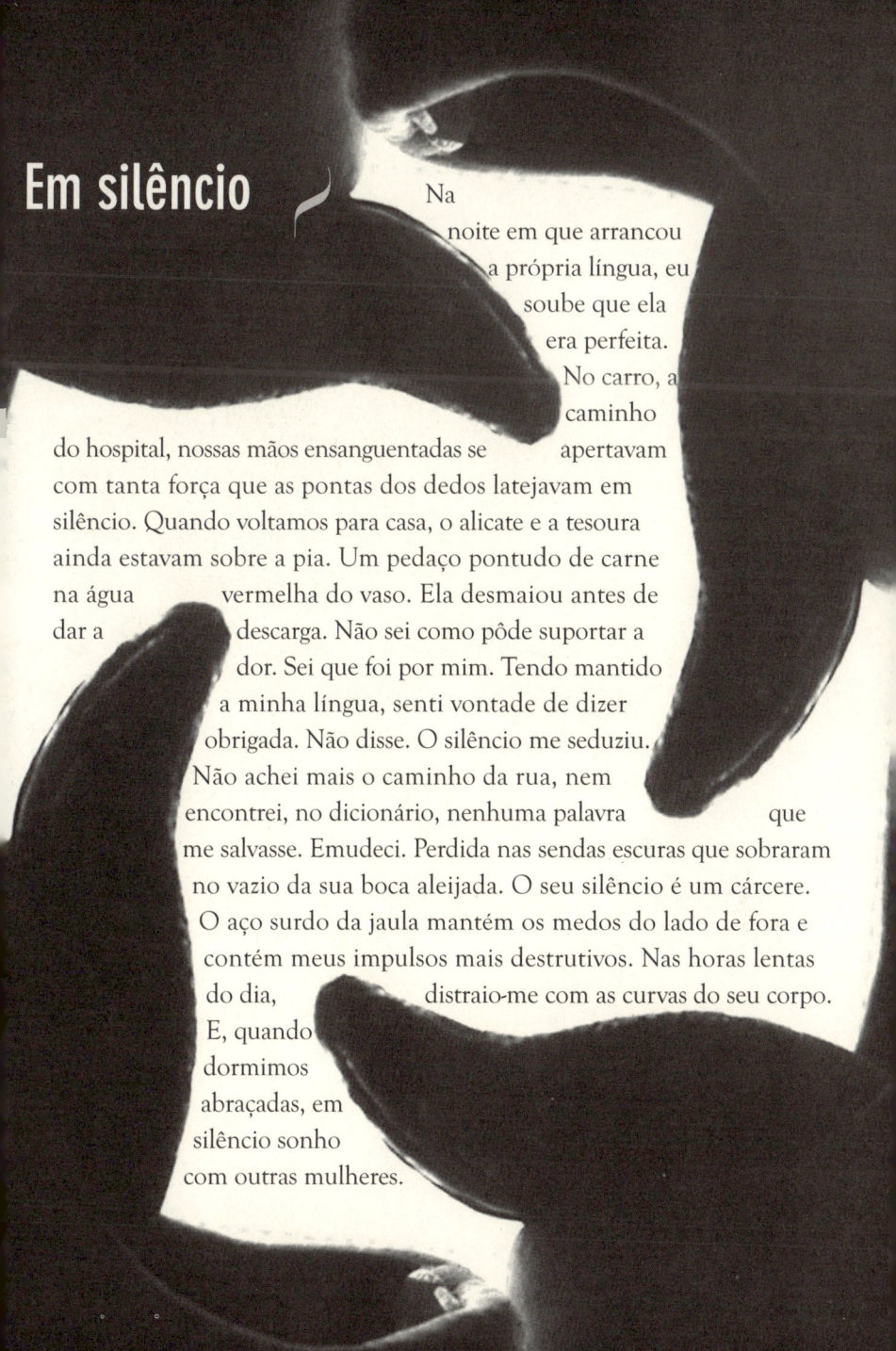

Na noite em que arrancou a própria língua, eu soube que ela era perfeita. No carro, a caminho do hospital, nossas mãos ensanguentadas se apertavam com tanta força que as pontas dos dedos latejavam em silêncio. Quando voltamos para casa, o alicate e a tesoura ainda estavam sobre a pia. Um pedaço pontudo de carne na água vermelha do vaso. Ela desmaiou antes de dar a descarga. Não sei como pôde suportar a dor. Sei que foi por mim. Tendo mantido a minha língua, senti vontade de dizer obrigada. Não disse. O silêncio me seduziu. Não achei mais o caminho da rua, nem encontrei, no dicionário, nenhuma palavra que me salvasse. Emudeci. Perdida nas sendas escuras que sobraram no vazio da sua boca aleijada. O seu silêncio é um cárcere. O aço surdo da jaula mantém os medos do lado de fora e contém meus impulsos mais destrutivos. Nas horas lentas do dia, distraio-me com as curvas do seu corpo. E, quando dormimos abraçadas, em silêncio sonho com outras mulheres.

Tac8

A agulha perfura minha pele e, à medida que a dor se espalha, penso no quanto preciso de um plano de fuga. Ontem, por falta de um, perdi uma partida ganha. Tivesse jogado a torre de F para c8 e o meu rei teria uma casa para escapar do ataque branco. Meu contra-ataque na outra ala seria definitivo. Joguei a outra torre, de A para c8 e meu adversário me derrotou em poucos lances.

Um plano de fuga. Preciso com frequência de um, porque tenho o costume de adiar as decisões e não são raras as vezes em que sou obrigado a me evadir às pressas, como nos maus filmes, com as coisas explodindo às minhas costas. A partida de ontem me fez lembrar daquela noite, no sofá. Um plano de fuga. Uma rota evasiva para um rei perseguido. Sempre um objeto novo para as migrações compulsórias do desejo. Claustrofóbico, procuro saídas. Uma boa desculpa para abandonar o emprego. Um defeito qualquer no rosto que ameaça ser perfeito. No sofá. Dividido entre as duas. A de F com cara de apaixonada. A de A, linda, com cara de histriônica. Já disse que foi meu pai quem me ensinou a jogar? Eu era criança. Jogávamos aos domingos. Do canto da sala, vinha o ruído da máquina elétrica de costura. Eu perdia. Minha mãe dizia para ele me deixar ganhar. Ele não deixava.

Agora jogo por outra mulher. Não sei se ela torce por mim. Tampouco conheço o adversário. Torre de A para c8. Comprometido apenas com uma vitória rápida e inverossímil. A máquina da minha mãe borda o nome da moça no meu pescoço. No sofá de um apartamento, no banco traseiro de um carro, na cama de um motel, outro homem a penetra. Ela geme a minha dor e o esperma alheio se transforma em tinta, gravando o nome dela na minha pele. Tenho medo. Alguma vontade de vomitar. Adio o momento de fugir e o cerco se fecha. Daqui a pouco, começam as explosões.

No sofá. Disputado pelas duas. A garota de F tinha deixado a sala. Às vezes, prefiro que a vida se decida. A torre linda sorriu para mim. Eu também sorri. A noite me escondia. A festa continuava. Você deve gostar muito dela. É o comentário constrangido do tatuador na terceira vez em que entro. Perturbou-me um pouco, só porque tenho a mania de escutar o que as pessoas dizem como se dissessem de verdade. Talvez você devesse procurar ajuda. Isso eu não sei se ele disse. Costumo escutar melhor os outros quando permanecem em silêncio. Foi quando eu contei a ele que precisava de um plano de fuga. Assim, por contar. Porque, para mim, um par de ouvidos é igual a qualquer outro e a maior parte do que digo é entrecortado demais para se entender sem algum esforço.

Noite de domingo. Oposto ao meu pai pelo tabuleiro. Os olhos vidrados nas peças, vejo-o cometer um erro. Sinto uma coisa estranha, uma espécie de náusea. Furiosa, a máquina tamborila. Com a mão tremendo, sacrifico meu cavalo. Dois lances depois, pronuncio as duas palavras. Não ouço mais a máquina. Meu velho se levanta sem dizer nada, olhando-me duro nos olhos. Vira as costas e deixa a sala. Você acredita em vodu? Você acha que se eu colocasse fogo em mim mesmo ela sentiria a dor do nome dela se queimando? Talvez no exato momento alguém a faça gozar um orgasmo extremo. Ele permanece em silêncio. Deve pensar que sou maluco. Tenho vontade de perguntar se ele acha mesmo que sou maluco. Por sorte, percebo a tempo a irrelevância da resposta. O que você faz? Ele pergunta, talvez para mudar de assunto. Muita coisa. Quase nada. Depende de você. Gosto de jogar xadrez. Comecei criança e ainda não parei. Foi meu pai quem me ensinou.

Olhei para a moça de A decidido a dizer alguma coisa. Voltou a de F e se sentou muito perto de mim. Desculpa, tive que ir ao banheiro. Cheiro forte de perfume e maquiagem retocada. Risco zero, recompensa medíocre. A festa continuava. A noite me revelava. De dentro dos braços da de F eu me despedi do sorriso da menina linda, que agora era indefinido e triste, pensando que seria melhor ter levado um fora. Pronto. Terminei. Confiro pela terceira vez o nome dela no espelho. Quando fiz a primeira tatuagem, ele me disse que, se eu me arrependesse, depois podia fazer alguma coisa por cima. Agora não me diz nada.

Fico algum tempo sentado à mesa sem saber o que fazer. Meu pai, com o orgulho ferido, não me cumprimentou. Pego a caixa de madeira, para guardar as peças. Olho para a posição do tabuleiro uma última vez e vejo. Pálida, uma casa de fuga para o seu rei. Meu bonito sacrifício, uma tolice. A partida estava perdida para mim. Meu xeque-mate foi um erro de cálculo, uma miragem.

Saio para a rua com um plástico besuntado de pomada enrolado no pescoço. As pessoas me olham de longe. Tento telefonar várias vezes. Profética, na caixa postal, a voz dela me diz – de um passado distante, em que ela ainda nem me conhecia – que, quando eu estiver sozinho e quiser lhe falar, ela vai estar ocupada e não poderá me atender.

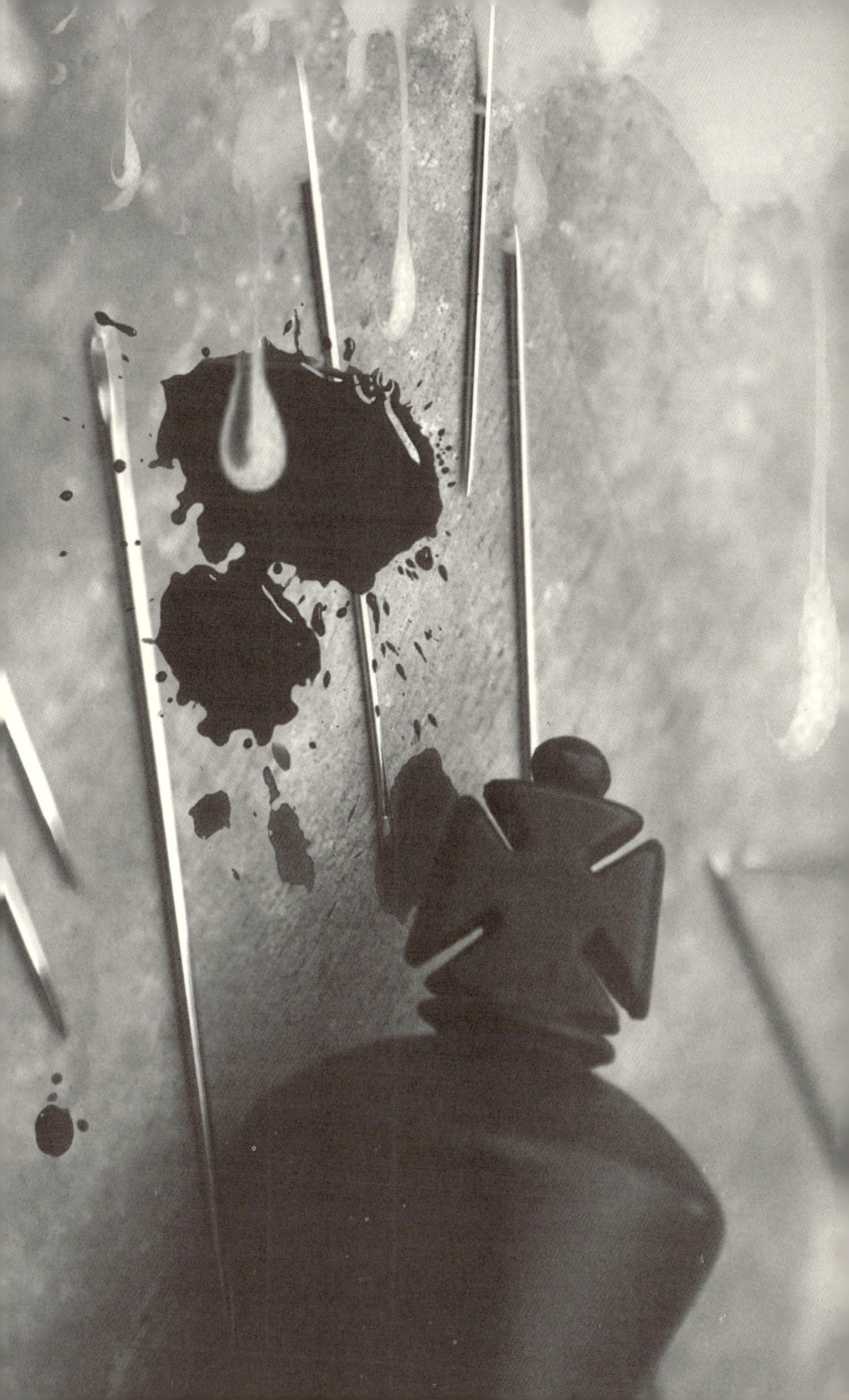

COMun ⌒

É difícil esperar quando poucos ainda lembram. Sonhar juntos é nosso sonho conjunto. Súbito a memória se perdeu na barafunda da propaganda e o slogan agora fala em conquistar o inconsciente alheio. Foi assim que princípios se confundiram com detalhes e os anos passaram estéreis, saturados de progresso. O barman aumenta o volume tão logo a sequência de acordes menores anuncia o começo da transmissão. Surgem na tela cenas do último sonho de Daleth. O narrador comenta que a mesa Ny-Pi, em que Daleth fora Ómicron, foi a mais disputada das semifinais. A seleção dos melhores momentos mostra como Ómicron, sob a forma de duas gêmeas voluptuosas, seduziu e derrotou Pi enquanto Csi, com sua aparência de demônio, eliminava Ny e o arrastava para o inferno. O duelo que se seguiu entre Csi e Ómicron foi um confronto bravio do desejo que esta provocava naquele contra a culpa que Csi despertava na adversária. A disputa só se resolveu depois de quarenta e dois minutos, quando a atual Daleth descobriu o ponto débil na puridade do oponente e o seduziu sob a forma de um garoto púbere.

 Acho que esse ano vai dar Aleph, arrisco com o barman assim que começa o intervalo. Você viu as semifinais? Os pesadelos dele atropelaram todo mundo na mesa Alfa-Delta. Enquanto espero uma resposta, tento alinhar nossas pupilas mais por hábito que simpatia. Algumas pessoas cujo trabalho obriga ao contato com outras ainda gostam de falar e, às vezes, de olhar seus interlocutores no rosto. Ele, mantendo o protocolo e a face virada de lado, parece incomodado com minha falta de educação. Retenho a perpendicularidade do rosto e pergunto se ele participou da eliminatória do ano passado. Os dedos do garoto tamborilam um teclado. Não sou pago para conversar, é o que aparece escrito no monitor do balcão. Não adianta insistir. As coisas mudaram entre a minha geração e a dele. Hoje os jovens conversam por aparelhos e têm medo de saliva. Na sua idade, eu frequentava bares para conhecer pessoas e no fim da noite ir a algum lugar fazer sexo com elas. Nem sempre usávamos preservativos. Sim, tinha algum medo de doenças. A única que desenvolvi foi um asco irresponsável à equação que hoje se faz entre civilização e assepsia. É preciso criar anticorpos. Vi no noticiário uma matéria sobre um rapaz que morreu eletrocutado ao se encostar num poste de rua. Não posso fugir para sempre das bactérias que me veem como um acúmulo absurdo de nutrientes. A despeito do que possam fazer meus leucócitos, cedo ou tarde os microrganismos terão seu banquete. Por ora, procuro assumir o risco das escolhas. Como fizemos há muitos anos, quando nos dispusemos a inventar o AMOr.

Éramos um grupo heterodoxo. Viemos de boas universidades e famílias de classe média. Nossos pais, que em sua juventude viveram turbulências políticas e culturais, quiseram nos legar um espírito rebelde, e nossa geração ficou marcada pela apatia. Tentamos resistir desde antes de nos reunirmos e quase sempre fracassamos. Era difícil manter uma coerência entre nosso discurso teórico e a vida prática. Quase impossível não se extraviar na malha densa das próprias contradições. Um pouco pelo cheiro, um pouco pelo tato, nos buscamos e encontramos naquela realidade escura, em que o hábito do silêncio fazia da liberdade de expressão mais uma garantia inútil. Convicções individuais se convertiam em tabu ao mesmo tempo que a mídia homogeneizava as opiniões adequadas ao convívio. Como pesquisadores, vivíamos desmoralizados. A ciência e a tecnologia tinham sido sequestradas por interesses financeiros de conglomerados empresariais. Nosso projeto sofreu por escassez de recursos enquanto não o conseguimos transformar em mercadoria, até que o fizemos e comprometemos por completo o destino da pesquisa. Tanto tempo despendido em vão. Demorou seis anos só para consolidar a equipe e definir os objetivos. A escolha infeliz do acrônimo com que batizamos o aparato representa bem o romantismo do discurso dos pioneiros. Havia de psicólogos a cientistas da computação na iniciativa. A maioria era da área da neurociência. Mais que o desejo de aproximar as pessoas, nos unia a insatisfação com o presente, com a necessidade imposta pelo senso comum de empregar os maiores recursos e parte dos melhores talentos na tarefa de aumentar o consumo de objetos que nos alienavam e isolavam em narcisismo. Os entusiastas acreditavam que o AMOr traria uma revolução pacífica. Eu tinha dúvidas quanto ao potencial emancipador de um recurso tecnológico. Lembrava meus companheiros otimistas de que os adventos do cinema, da televisão e da internet também foram acompanhados de uma euforia que em todos os casos se revelou ingênua. Nenhum de nós imaginou o que estava por vir. Como costuma acontecer com quem se acha capaz de salvar a humanidade, nove anos mais tarde nós pagamos o preço daquela burrice messiânica.

Os mesmos acordes marcam o final do intervalo. O apresentador anuncia uma surpresa. A iluminação do estúdio diminui e um holofote convida as atenções a uma coxia posterior, de onde, sob uma trilha de suspense, emerge a passos lentos um senhor de meia-idade com uma bengala e óculos escuros. Ele está a poucos minutos de disputar a final, exclama o anfitrião, e mesmo assim concordou em nos dar uma entrevista. Sonhadores do mundo, apresento a vocês: Beth! Talvez confundido pela voz que lhe deve chegar aos ouvidos, vinda de diversas caixas ao seu redor, o cego para encabulado sem saber em que direção seguir. O apresentador se adianta e o conduz até uma das duas poltronas paralelas. Sentam-se, de lado um para o outro, e o entrevistador pergunta a Beth sua opinião sobre os adversários. Esta última mesa vai estar equilibrada, começa o cego com voz tranquila. Haverá um confronto interessante de estilos e é difícil prever quem vai ser capaz de resistir. Estudei os sonhos dos meus três oponentes e estou preparado para enfrentá-los. Sei também que todos têm competência para vencer. E o que você pode nos dizer a respeito do seu estilo? Alguns críticos vêm dizendo que inventei um gênero novo. Gosto de pensar que, ao menos no domínio onírico, eles estão corretos. Ao contrário do que costuma acontecer com a obra dos pesadelistas, como Aleph desta edição, meus sonhos são pouco emotivos e procuram explorar os limites aterrorizantes da razão. Minhas maiores influências não são sonhadores do presente. São escritores do século passado.

Há uma pausa em que o apresentador leva a mão à orelha para ouvir o que lhe dizem no ponto de áudio. Parece hesitar com a pergunta. Não sei se você está a par, começa, procurando as palavras, dos boatos que surgiram na rede sobre uma conspiração tramada por vocês quatro para chegarem juntos a essa final e dividirem o prêmio, a despeito do resultado. Um ex-proprietário de TdN, que não quis se identificar, alega ter visto vocês treinando juntos mais de um vez, há alguns anos, na filial que administrava. O que você tem a declarar? Os lábios do cego tentam um sorriso e sua voz sai cavilosa. Com perdão pela piada fácil, assevera, quem inventou essa história só pode estar sonhando.

A solidão do bar, deserto a não ser pelo garoto, é minha responsabilidade. Nunca faltou quem nos chamasse de escapistas. Os primeiros críticos da aventura julgavam nossa ambição impossível e não viam nela mais que um sofisticado plano de fuga. Estavam certos e errados. De todo modo, não vejo como me redimir da culpa e de nada adianta me esconder atrás da ingenuidade das boas intenções. Que importa que esperávamos que as pessoas se tornassem solidárias e tolerantes compartilhando sonhos, se hoje centenas de milhões estão em casa isolados, os olhos vidrados na tela, esperando o final do torneio para se reconectarem à competitiva rede onírica? Não. Devíamos ter desistido quando a falta de dinheiro nos permitiu apenas desenvolver aquele monitor de imagens toscas que assombrou o mundo com cenas de um sonho. Devíamos ter percebido que a gritaria na reunião do conselho era o indício de um momento crucial, que a proposta da emissora era o teste verdadeiro dos valores que nos moviam, e acabamos aceitando que o patrocínio era um mal necessário, que sem ele levaríamos décadas para concretizar o projeto.

Há onze anos não vejo ninguém do grupo. Depois que perdemos o processo jurídico, não tivemos coragem de nos encontrar. Doloroso compartilhar tanta vergonha pela vaidade estúpida daqueles dias. Nenhum de nós poderia dizer que não se embeveceu com o impacto do documentário; com a euforia em torno da alta resolução e do som estéreo das novas gravações; com o estardalhaço provocado pela apresentação do primeiro protótipo funcional do Aparato de Modulação Onírica. A glória daqueles anos aos poucos nos desviou do foco. À medida que a transmissão semanal em que se analisavam sonhos tanto de um ponto de vista metafísico quanto por um enfoque psicanalítico declinava em audiência, aumentava a pressão por novas maneiras midiáticas de explorar o aparato. Tanta atenção e reconhecimento, aliados aos sucessivos fracassos nas tentativas de estabilizar as junções, amoleceram nossos princípios a ponto de propormos o COMun. A junção estável foi o Eldorado que buscamos. A ânsia de encontrar inconscientes firmes o bastante para compartilhar um sonho equilibrado nos precipitou na organização do Campeonato Onírico Mundial. Encurralados, demos à emissora a audiência que nos cobrava e nos convencemos de que, com o dobro de cobaias voluntárias e por meio do procedimento eliminatório da competição, acelerávamos o projeto. Hoje ninguém se lembra de que para ganhar o COMun e o anunciado prêmio em dinheiro bastava compartilhar um sonho por pelo menos um minuto. O processo seletivo, em nome do qual o competidor cujo inconsciente se submetia aos demais era desclassificado, visava apenas a acelerar um encontro capaz de sustentar uma fusão.

É difícil suportar o silêncio quando a final se anuncia. Melhor ensurdecer com o barulho de homens trabalhando do que se culpar pelo sussurro mórbido dos fantasmas dentro ou fora das telas, unidos em sua isolada expectativa pela mesma fome insaciável de entretenimento. As câmeras da emissora mostram a mesa decisiva, com os quatro oponentes deitados de costas, as cabeças voltadas para o centro onde o árbitro se posiciona para ligar o aparato. Antes que o faça, a câmera passeia pelo rosto dos finalistas. Um garoto barbudo, o cego da entrevista, uma mulher de uns sessenta anos que por algum motivo me parece familiar e uma moça de cabelo raspado são, nessa ordem, Aleph, Beth, Guímel e Daleth.

O juiz relembra aos competidores a única regra da partida: vence o último a se submeter e esquecer que está sonhando.

Aciona-se o aparato e é Guímel quem começa. Aparecem imagens de um pomar, repleto de cores e ruídos envolventes. A materialidade telúrica das árvores, o reflexo morno do sol sobre a diafaneidade da água são detalhes dignos de um gigante sonhador. Mantendo a estratégia que usou ao longo do torneio, Guímel se aproveita de imagens de sua infância para construir sonhos dotados de forte apelo sensorial. Seu pomar é uma obra-prima cuja estética robusta se assemelha a um formidável palácio antigo. Animando as copas das árvores, uma brisa leve aos poucos se pronuncia e, ao se transformar em vento, perturba o equilíbrio da manhã ensolarada. Nuvens escuras se aproximam e introduzem a garoa que abre caminho para a chuva. No rebentar da franca tempestade e da indisposição dos relâmpagos contra os galhos, reconheço o estilo de Aleph. A impaciência furiosa dos ventos confronta por meia hora o estoicismo flexível dos troncos e a tenacidade obstinada das raízes. Não parece possível que nenhum dos dois suporte por muito tempo a incoerência do encontro. Absurdo, o equilíbrio inédito se insinua paulatino à medida que se acomodam as divergências e as pulsões se estabilizam. Meu coração acelera conforme o impossível se anuncia. A chuva continua, e continuam o frescor dos frutos, a força do vento e o balançar suave das folhas verdes. Da violência do embate emerge a síntese insólita das duas perspectivas enquanto no meu rosto uma lágrima percorre as rugas que nasceram da espera por este sonho.

    Sim. Agora entendo o que senti ao ver o rosto de Guímel. Já faz muito tempo, ficamos velhas. Agora a reconheço. Verdadeiros então os boatos? É possível que, em vez de se recolher amargurada como eu e todos os outros, ela tenha se dedicado a treinar sonhadores de elite na missão de devolver o AMOr ao destino que há vinte anos concebemos. Destino que ficou abandonado depois do fracasso do COMun, quando não conseguimos uma junção estável e a emissora percebeu o potencial de um torneio competitivo em que o objetivo fosse a eliminação dos oponentes e a tomada de controle dos sonhos alheios. Foi nesse limiar que tentamos, tarde demais, cavar nossa trincheira. Perdemos no ano seguinte a batalha jurídica pela patente do aparato e fomos desligados para sempre do projeto.

A exibição mundial do primeiro TOMA foi um sucesso de audiência sem precedentes na história das telecomunicações. Enfim um reality show oferecia aos espectadores as cenas explícitas de sexo e violência que nos demais se insinuavam. Sem cobertores para esconder as cópulas nem bons moços para separar as brigas, as cenas mais inusitadas e os impulsos mais esconsos vinham à tona no picadeiro do programa. Difícil aguentar tudo aquilo. O desgosto de ver o AMOr produzido em série, prostituído para o público nas filiais da franquia que a emissora chamou de Terra do Nunca. A amargura de acompanhar o Torneio Onírico Mundial Atualizado, que crescia a cada edição. A náusea de assistir à profissionalização dos sonhadores, que passaram a receber verba para inserir em seu material onírico a marca dos patrocinadores.

Valeu a pena. Lamento apenas os que morreram sem ver o que contemplam meus olhos desiludidos. As árvores que deslizam na lama para dar forma a passagens e obstáculos. Sob a tormenta, o pomar se espirala e se expande em labirinto no instante em que o inconsciente de Beth se junta aos demais. O equilíbrio delicado se mantém enquanto todos esperam por Daleth. A julgar pelo rosto perplexo do barman, poucos devem compreender o que se passa. Daleth, a especialista em sedução, surge ao longe. Uma ilha mar adentro. Estranho que não tenha completado a fusão aparecendo em volta dos outros. A menos experiente dos quatro, a zebra da final. Com um esforço enorme, pomar, tempestade e labirinto se deslocam juntos em direção à ilha, que, sem se mover, permanece sempre um pouco além do alcance. A perseguição prossegue por uma hora, e em diversas ocasiões a junção quase se concretiza. Exaustos, os três se descuidam do equilíbrio e seus sonhos se desmancham no oceano. Nadam por suas vidas, sem lirismo ou exuberância de formas, com os próprios braços e as próprias pernas. Uma onda benevolente os arremessa contra a areia e eles se arrastam pela praia desejada. Felizes por estarem vivos, os três se abraçam, cantam e dançam até se esquecerem de que estão sonhando.

3s

Ontem ouvi no rádio que, em média, trinta mil pessoas se suicidam todos os dias. Sentados no balanço do parque, não consigo tirar os olhos de suas pernas tristes. Pensando melhor, acho que sou eu que estou triste. Não tenho certeza. Tive que aprender a mentir. Tão bem que às vezes me confundo. Ela não precisa desses truques.

Por que você está falando disso agora?, ela me pergunta olhando para cima, procurando alguma coisa no céu. Não sei. Não consigo ter a paciência dos profissionais. Recuso-me a apostar menos que a vida. Sonhando por vezes me excito de um jeito inverso, sinto vontade de ir embora. Ela tenta um tom casual e sua voz treme um pouco. Muita vontade? Assim, assim. Seus dedos percorrem, nervosos, as correntes laterais do balanço. Uma das mãos vai à boca e os dentes começam a roer as unhas. A outra mão tenta esticar um pouco a saia sobre os joelhos, com frio, ou vergonha. Talvez tenha notado os meus olhos. Sinto calafrios. Ao longe, ouço o som de uma sirene.

Se você morrer, acabam os sonhos. Ela arrisca. Sempre olhando para cima. Acaba também a vigília. Ficamos algum tempo quietos. Minha boca está seca. Procuro no céu o que ela está olhando e dou chance a ela de me olhar também. O sol ofusca minha vista. Ela segura minha mão e aperta em silêncio os meus dedos até que eles começam a latejar. Me diz pelo menos o seu nome. Não dá mais tempo, você já vai acordar.

Minha avó abre a porta do quarto. Levanta, o almoço está pronto. Na cozinha, a luz do sol machuca meus olhos. Você está ouvindo essa sirene? Não estou ouvindo nada. Não vai comer mais? Não estou com fome. Também: passa o dia todo

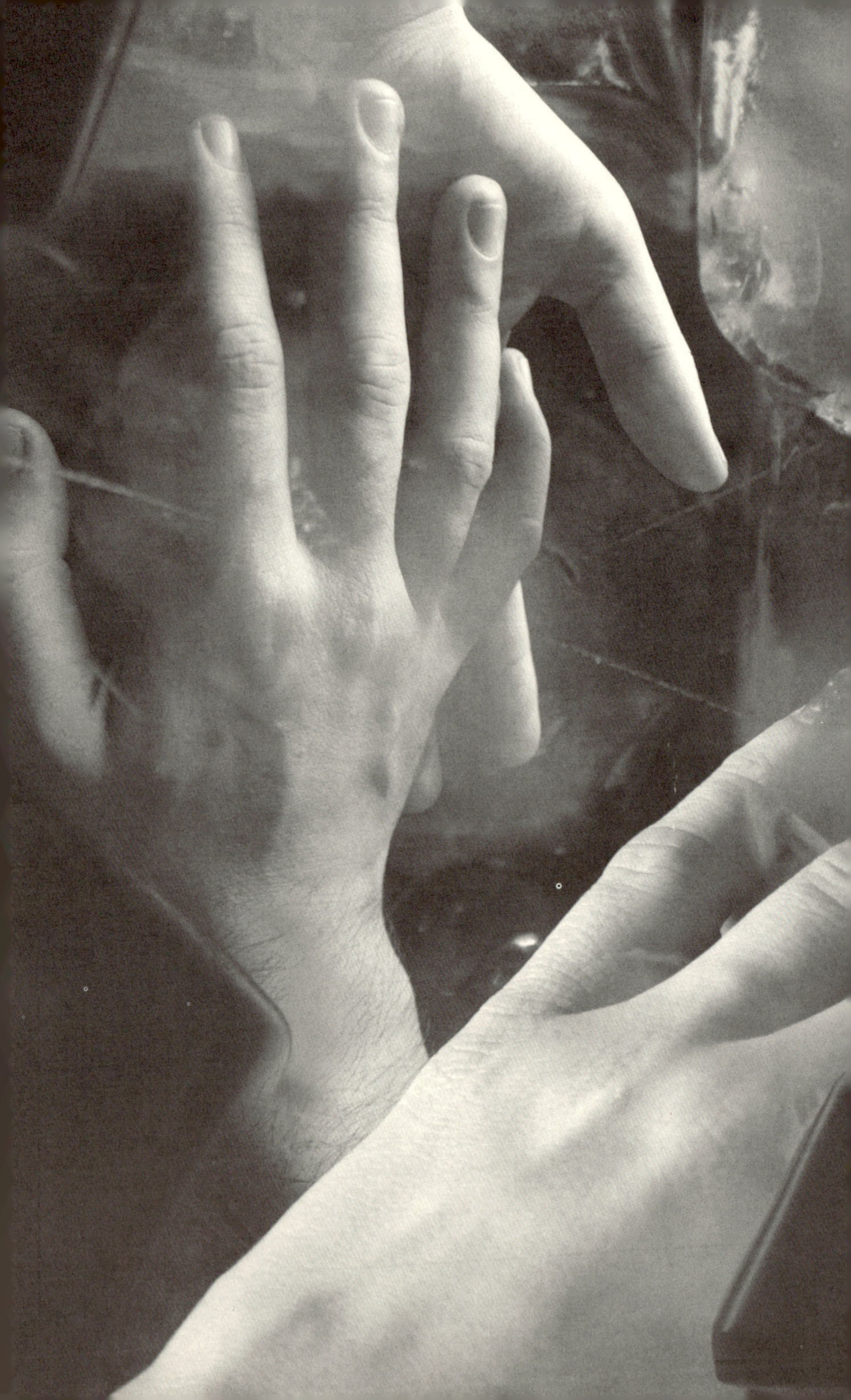

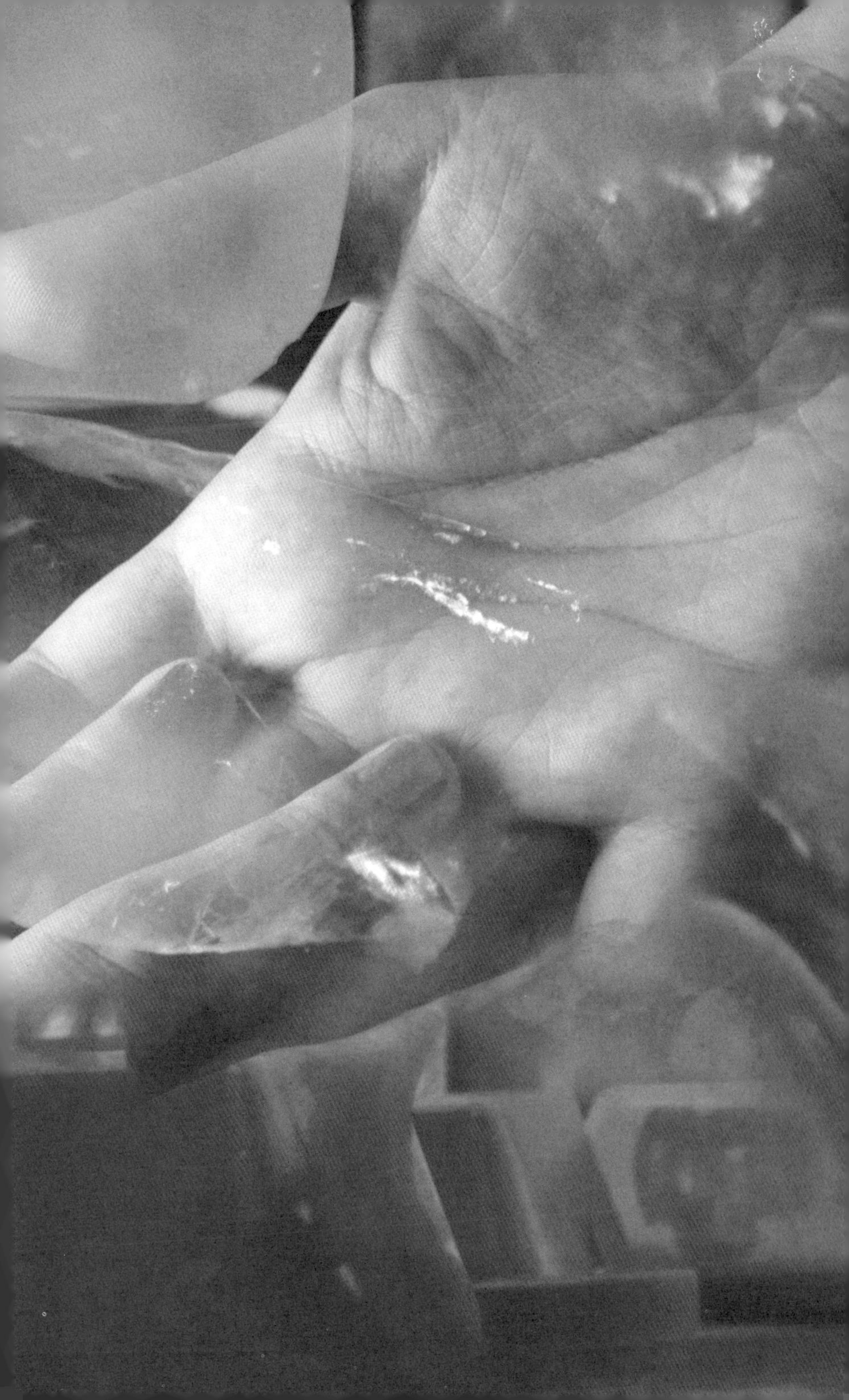

dormindo. Não vai procurar emprego hoje? Hoje não. Você precisa arrumar alguma coisa, meu filho: eu não vou estar aqui para sempre. Eu também não. Apareceu um homem estranho aqui perguntando por você: você não está mais jogando, está? Ontem eu sonhei com o vovô. Ela repousa a colher sobre o prato e me encara: sonhou o quê? Nada de mais. Ele me telefonou para me dizer que estava vivo. Que a morte dele não tinha passado de um blefe. Eu tinha quinze anos e uma vontade permanente de estar sozinho. Já naquela época passava pelo menos metade do dia dormindo. Gostava cada vez menos da vigília. Sonhar sempre foi o que eu soube fazer melhor. Ela encosta a cabeça no meu ombro. Já estamos juntos há tanto tempo... Acho que vou sentir saudade de você. Sentados no sofá, olhamos as pessoas dançando na pista. Por que você não vai dançar? Por que não bebe e tenta se divertir um pouco? Quase com raiva, olho para ela. Você não precisa ficar bravo. Já conversamos sobre isso, lembra? Alicerçar um chão de pequenos prazeres... Permaneço quieto. Às vezes, tenho a impressão de que você se acha melhor do que todo mundo. Pode ser. Algumas vezes, também me acho muito pior. Sempre devendo. Quase trinta anos e continua vivendo como se tivesse quinze. Quinze anos passam como se fossem três segundos: você também não mudou. Mudamos ambos: é você que não quer assim, porque gosta de mentir. É possível. Meu avô também dizia isso. Foi ele quem me levou para minha primeira mesa de pôquer. Estou com frio. Você está ouvindo essa sirene? Acho que faz parte da música. Ela olha o relógio. Está na hora, querido.

Anda, levanta daí, Soneca. Um segurança sacode meu braço. Uma luz estroboscópica arde nos meus olhos. Já estamos fechando. Devo parecer confuso, porque ele ri de mim. Então você vem para a balada para encher a cara e ficar dormindo no sofá? Os caminhos de casa são muitos. Algumas vezes, o excesso de liberdade me dá um pouco de vertigem. Minha garganta está seca. Meus sonhos galopam comigo em cada rua escura que percorro. Graxa lubrificante das engrenagens do desejo. Tenho frio. Em suas casas, as pessoas dormem. Não sonham. Tenho medo. Se sonham, não é como eu. É preciso saber e esquecer ao mesmo tempo. É o que faço melhor na vida.

Vem, preguiçoso! Vem dançar comigo. O corpo dela se movimenta ao ritmo ensurdecedor de uma sirene. Ela não percebe, a princípio, o sangue que escorre dos seus poros. Quero dizer a ela e não consigo. Minha garganta está seca demais e os meus lábios tremem de frio. Vem dançar comigo. Louca. A pele dela se desmancha. Verifica as pupilas de novo. O sangue agora espirra e forma um barro escuro na areia, de onde, deitado, vejo o sol acendendo e apagando, queimando minha retina. Ainda estão respondendo. Quero dizer a ela e não consigo. Você acha que ele aguenta? Vem! Vem dançar! Não sei, não. Perdeu muito sangue. Quero dizer a ela que não fui eu, que não foi culpa minha. Ontem ouvi no rádio que, em média, trinta mil pessoas se suicidam por dia. Meus sonhos galopam comigo em todas as esquinas escuras dessa cidade. Uma a cada intervalo de três segundos.

Margem

É agora ou nunca. A madrinha na cozinha, mamãe fechada no quarto e o boi bravo do outro lado do pasto. Passo por debaixo da cerca e corro o mais rápido que posso sem tropeçar no capim. Se mamãe resolve olhar da janela, estou frita. Entro na mata, me agacho e olho nos binóculos. Ninguém apareceu na varanda nem saiu correndo atrás de mim. Sento para descansar. Procuro no bolso o fumo do cachimbo do papai. A madrinha me enxotou da cozinha quando perguntei como é que alguém virava uma bruxa. Papai disse que isso não existe. Os adultos são mentirosos. Ele também disse que eu ia ganhar um irmãozinho. Depois falou que na barriga da mamãe só tinha água e que o bebê estava no céu. Melhor não ficar parada porque pode aparecer um bicho. Ando para o lado do barulho da água. Foi perto do riacho que a madrinha viu o saci. Quando ele aparecer, vou assoviar e ele vai querer saber quem está chamando. Essa árvore parece boa de escalar. Subo o máximo que consigo. Em troca do fumo, ele vai me ensinar a ser uma bruxa. Confiro no outro bolso a caixa de fósforo e as bombinhas. Custaram uma semana de merenda, mas valem a pena porque são das fortes. Se vier um bicho, eu solto e espanto. Espio a margem. Nada por enquanto. O saci falou no livro que a vida é uma fada invisível que gosta de fugir de um corpo para outro. Escuto um assovio perto do riacho. Tento assoviar de volta, mas minha boca ficou seca. Se eu virasse uma bruxa, ia fazer um feitiço para prender para sempre a vida em mim. Molho os lábios e assovio fraquinho. Ouço um assovio mais perto. Jogo o fumo para longe. Pulo da árvore. Acendo três bombinhas de uma vez, salto para o lado da margem e disparo correndo de volta para casa.

Metonímia

Até o momento em que deixo o cemitério. Alguma vontade de chorar. Não é o bastante. Volto para casa. A manhã inteira perdida. Viver é problema. Chove. Não quero pensar na morte – nem na dele, nem na minha. O ônibus lotado trafega com as janelas fechadas. Uma impressão estranha de o ver sentado no fundo. Procuro um espaço para me encaixar. Meu irmão não pega mais ônibus lotados. Se chover, a água cobre de poças o jardim do cemitério. De dentro do caixão, ele não se incomoda.

Um casal discute em frente ao meu prédio. Num primeiro momento, vi apenas a garota. Assim, por metonímia. As partes aos poucos se juntando num todo surpreendente e bonito. Só depois apareceram ele e as palavras duras que está gritando. Ela ouve de cabeça baixa, sem responder. Acho que está chorando. Ela olha para mim. Não desvia o olhar. Não me desvio do meu caminho. Não é da minha conta. Não retardo o passo. Ela o deixa falando sozinho e segura minha mão. Entra comigo em casa. Não dizemos nada. Ela chora por mais um tempo. Deixo-a sozinha na sala, enquanto vou ao quarto e largo minha mochila sobre a cama. Quando volto para a sala, ela está nua. O ar tem cheiro de sonho. Rolamos pelo chão. Me pede o que você quiser, só não me pede para pôr na boca. Olho para ela e vejo em seu rosto o sorriso do meu irmão. Me levanto. Vou até a janela e fico olhando para a rua.

Queda livre. Oitavo andar. Frio no estômago. Foi assim que ele morreu. O vento batendo no rosto. Não consigo entender por quê. Compreendo o sofrimento. Compreendo o desespero. O nada me parece uma saída absurda. Não me surpreendo. Falo cinco idiomas e não consigo entender ninguém. Ela me abraça. Que foi? Não quer ficar comigo? Não respondo. Ela dá de ombros, se veste e vai embora.

 Antes de sair pela mesma porta, quando me deixou, minha mulher me disse que tinha fingido todos os seus orgasmos. Disse para machucar. O que foi que aconteceu com a gente para nos odiarmos? Acho que ando mesmo sem vontade. Sinto muita falta dela. Difícil de entender.

 Chove. Espero embaixo da marquise, olhando em volta à procura de alguma coisa. Ruas vazias. Vejo uma delas parada na esquina. Capa de plástico sobre um blusão enorme. Caminho sob a chuva. Ela sorri para mim e faz com que eu a siga até um quarto de hotel. Apaga a luz. Prefiro no escuro, se você não se importa. Sentado na cama, aguardo que ela volte do banheiro.

 Eu tinha dezesseis anos quando meu irmão saiu de casa para ir morar com outro homem. Meu pai não falou mais com ele, morreu alguns meses depois. Meu irmão não foi ao

funeral. Agora estão enterrados juntos. Não se incomodam. Tentei defendê-lo quando discutiu com meu pai. Ele não permitiu. Talvez quisesse me proteger. Ou me desprezava. Difícil de saber.
    Ouço um ruído no canto do quarto. Vejo-o nas sombras. Olhando para mim. Pálido, como sempre foi. Ficamos algum tempo calados. Por que você nunca foi me visitar? Alguma vontade de chorar. Não é suficiente. Não sei. Eu senti a sua

falta. Eu também. Não consegui suportar a solidão depois que meu namorado me deixou. Você tinha tantos sonhos quando saiu de casa. Quando a gente sonha demais, viver fica difícil. Eu entendo. Você não entende nada. É verdade. Me pede qualquer coisa só não me pede para pôr na boca.
    O quê? Ela sorri e segura minha mão. Me pede qualquer coisa só não me pede para pôr na boca. Duas vezes esse comando absurdo no mesmo dia. Coincidência, algum tipo de complô, ou pesadelo. O quê? Nada. Você é esquisito. Nem

sempre é fácil me entender e é melhor assim. Você é muito estranho. Estranho é o mundo, você devia saber. Do que você está falando? De você: há quanto tempo você está grávida? É barriga de cerveja. Não precisa mentir, já tinha desconfiado do blusão. Então você gosta. Não gosto nem desgosto. Eu preciso do dinheiro. Eu não sei do que preciso. Três caras me esperam na frente do meu prédio. Demoro a ver o sujeito que hoje de manhã discutia com a garota. Tento correr. Uma rasteira me derruba. Com os braços, procuro proteger a cabeça enquanto eles me chutam. Meus nervos todos contra mim. A dor é tanta que já não sinto mais os chutes. Por fim, eles se afastam. Caído na calçada com gosto de sangue na boca. Chove. Ergo-me com dificuldade. Olho para cima. Deixo a chuva lavar as feridas do meu rosto. Resisto. Algum prazer na persistência. Caminho. Cruzo com meu irmão no corredor. Ele passa por mim e não me vê. Afundo na cama. Um vazio denso me oprime enquanto me esforço para sonhar alguma coisa.

Voto

Muito tempo suportei a densidade plúmbica de milhares de palavras escuras, a tentação retórica dos anzóis ocultos em períodos confessionais, a ameaça de sentenças cuja embalagem fosca demonizava a face dos sentimentos. Estou cansada de diálogos inúteis. Cansada de ouvir conselhos dos amigos, inquirições do analista, preocupações dos meus pais, ladainhas de pedintes, cantadas de imbecis e reclamações de quase todo mundo. Estou cansada de convites para o cinema, cobranças de amizade, declarações de amor e pedidos de desculpa. Pode ser que não consiga meditar, que ele tenha razão sobre minha impulsividade e escapismo. Pelo menos sei que aqui estarei a salvo das palavras. Escondida por dez dias num voto de silêncio.

Levanto-me enquanto o ônibus estaciona na rodoviária. Estico os braços para alcançar a mochila e percebo um sujeito me olhando. Ele hesita quando passo no corredor. Minha pressa e minha cara fechada o desencorajam da abordagem. As pessoas se despedem do motorista. Algumas agradecem e inflacionam com sua prodigalidade as conversas de cortesia. Desço calada e me esforço para encontrar o circular certo sem ter que perguntar nada a ninguém.

Você também está indo para o curso? Ela se senta do meu lado com a mochila no colo. Respondo que sim e ela conta que a meditação mudou sua vida. É a quarta vez que se inscreve. Desde o primeiro treinamento ficou mais equilibrada, capaz de enfrentar com serenidade as turbulências. Li as mesmas palavras no manual de inscrição. Pelo menos ela já decorou a doutrina. Espero aprender algo melhor do que frases de efeito. Nos primeiros dias, você vai ter vontade de ir embora. É importante persistir. Vai valer a pena. Cortejadores, conselheiros, detetives, adivinhos. O que é preciso para que essa gente me ignore? É aqui, ela avisa pulando do assento e apertando o botão de parada. Descemos no pé de um morro coberto de mata atlântica. Permanecemos uns minutos em silêncio durante a subida. Ele também disse que vou ter vontade de ir embora. Que eu tinha que entender que a vida não se resolve por decreto. Que estou fugindo da crise que enfrentamos. Dez dias em silêncio, ele riu. Dez horas por dia sentada meditando. Você não vai conseguir. A veterana se põe a fazer perguntas. Respondo monossilábica, fingindo falta de fôlego para desculpar meu laconismo. Um carro sobe a estrada e para do nosso lado. A menina ao volante oferece uma carona. Deixo o banco da frente para a veterana e sento-me no de trás. As duas conversam. Aproveito a oportunidade para ficar mais um tempo quieta.

As acomodações são confortáveis, apesar do ar de monastério. Por todos os lados há placas separando áreas femininas e masculinas. A convivência com o sexo oposto atrapalha a concentração. Se o desejo cria desequilíbrio e ansiedade, melhor ignorá-lo? Não preciso que me ensinem a me esconder. Tenho pós-doutorado em virar as costas para o que me incomoda. A menina que me deu carona é minha colega de quarto. A temperatura amena e os sapatos descalçados melhoram meu humor. Ela tem um jeito contido de falar que me agrada. Não me pergunta grandes coisas nem vomita documentários. Difícil encontrar interlocutores assim. Trocamos informações sem pressa. Moramos na mesma cidade, gostamos das mesmas músicas. Seu aniversário é daqui a três dias e ela acha triste não poder falar com ninguém.

Procuro esquecer a fome ouvindo a palestra da noite. O mingau do jantar não bastaria para saciar uma criança. Quando sairmos da sala, passa a valer o voto de silêncio. Nobre silêncio, declamam as professoras. Não podemos sequer olhar as outras no rosto. Estamos proibidas de toda atividade sexual, mesmo que solitária. Não podemos ler, ouvir música, falar ao telefone ou mandar mensagens. Devemos nos abster de matar qualquer ser vivo, por minúsculo que seja. Melhor avisar meus leucócitos. Drogas e remédios estão banidos, a não ser em casos imprescindíveis de tratamentos médicos e doenças crônicas. É proibido correr ou fazer movimentos bruscos. Amanhã o sino soa às quatro e meia. Às cinco, nos apresentamos na sala de meditação. As instruções são de prestar atenção no ar entrando e saindo pelas narinas. E procurar não pensar em nada.

Minha colega de quarto se revira na cama. Tampouco tenho sono. Difícil dormir com fome e esse frio na barriga. Ele deve estar imaginando quantos dias vou aguentar. Deve torcer o nariz com o desprezo costumeiro que demonstra por meus projetos de última hora. Melhor agir por impulso do que não me mexer. Prefiro me perder pela rua do que apodrecer parada no lugar. Sim, nós criamos expectativas. Fizemos um milhão de promessas e, como tudo, elas morreram. Não é culpa minha se a vida insiste em fugir dos planos. O desejo descarrila das mais sinceras intenções.

Acordo com o quarto vazio e o sol ardendo no rosto. Perdi a hora. O coração disparado de afobação e vergonha. Não devo ter ouvido o sino. A cama ao lado está arrumada. Por que ela não me chamou? Troco de roupa o mais rápido que posso. Disparo pelos corredores. Por que me deixaram sofrer essa humilhação? Lembro-me da proibição dos movimentos bruscos. Respiro fundo. Ponho-me a caminhar. A sala de meditação está vazia. Procuro no refeitório. Ninguém. Sigo em direção à área masculina. Não devia estar aqui. Preciso saber o que se passa. Por que foram embora e me deixaram dormindo. Um ganido ecoa pelas paredes. No final do corredor, vejo uma mancha escura. Acerco-me devagar. Reconheço um cachorro encolhido e ensanguentado. Agacho-me sobre ele e acaricio sua cabeça. Ele chora, lambendo minha mão. Sei que não vou poder salvá-lo. Acordo e o quarto está escuro. Ouço a respiração da menina do lado. O sino toca. Levanto-me, vou ao banheiro e ligo o chuveiro. A água não esquenta. Banho frio. Parece que me enganei sobre o conforto desse lugar.

Prestar atenção no ar entrando e saindo pelas narinas. Sento-me na postura correta. Respiro fundo. O ar entrando e saindo pelas narinas. Entrando. E saindo. Entrando. Agora me lembro. O cachorro do sonho é o que tive quando criança. Droga. Cinco minutos para pensar no que quiser, depois volto para as narinas. Para não pensar em nada bastava uma injeção adequada. A iluminação deve ser um coma induzido. Minhas costas doem. Deixei meu cachorro escapar e ele foi brigar com outros. Voltou para casa arrebentado e morreu no meu colo. Meus pais disseram, sem convicção, que a culpa não era minha.

Deitada na cama tento ignorar o zumbido de pernilongos intocáveis. Amanhã talvez eu vá embora. Não sei o que vim buscar aqui. As pessoas em silêncio são pouco mais do que fantasmas. Ouço o ruído dos seus passos nos corredores. Desejo estranho de chamar o nome dele. Não entendo por que tantos sentidos para as mesmas mentiras de sempre. Não tivesse aprendido a falar e não saberia o que é solidão. É tarde para fingir. As palavras me ensinaram que tudo tem que morrer. Minha colega suspira na cama. Tenho vontade de me deitar do lado dela. Não faz sentido me esconder. As sentenças mais perversas moram dentro de mim mesma. Por mais que inspire e expire todos os litros de ar do quarto, não consigo calar essa voz que me culpa por cada fracasso. Posso sentar-me quieta e ignorá-la. Será só mais um dia perdido. No final, quando me levantar para ir embora, ela vai estar comigo. E me esperando nos olhos dele, vai estar o rancor por cada ferida.

 Deixamos de mãos dadas o restaurante. Juntos outra vez. Ele diz que ainda me ama e eu peço desculpas por ter partido. A voz dele me acalma. Seu corpo tem o calor familiar do cobertor preferido. Caminhamos abraçados por um viaduto que desaba. Não escapamos nem caímos. Ficamos pendurados. Ele se agarra às minhas pernas e eu me seguro numa grade. Sinto que posso suportar por muitas horas o peso dos dois corpos. Sozinha, não vou conseguir nos salvar. É só esperar que alguém nos ajude. Cedo ou tarde nos tiram daqui. Com os olhos, ele se despede. Eu imploro que não se solte e berro quando ele se despedaça lá embaixo. Minha colega de quarto pula da cama assustada. Nossos olhares se encontram. Quebraria o voto para pedir desculpas. Ela ainda pode preferir o silêncio.

 Melhor deixar o banho frio para o intervalo do almoço. Deve ser fome essa tontura. Lembro-me das vezes que ele me trouxe café na cama. Cuidava de mim como de uma criança. Agora preciso ficar sozinha para me convencer de que fiz a escolha certa. A sala de meditação ainda está escura. Sento-me no meu lugar. Tento não pensar em nada. O ar entrando e saindo pelas narinas. E o tempo me agarrando pela garganta. Me arrancando de cada abrigo. Me despejando de cada pousada. O espaço se expandindo entre a matéria. Os corpos tornando-se frios, escuros, distantes. A comida estragando na geladeira. Não existe perdão que sobreleve tanto o rancor quanto o remorso. Minhas costas doem para me lembrar das

promessas estilhaçadas. Devia ter partido quando o traí pela primeira vez. Não há segunda chance para além da certeza de que vai acontecer de novo.
Uma pontada lateja no meu pé. Mato por reflexo a formiga que me picou. O cadáver do inseto pende da minha pele preso pelo ferrão. Mais um voto rompido. O calor das lágrimas aumenta a vontade de chorar com a tepidez que faltou ao chuveiro. As formigas devoram os juramentos. Levanto-me e vou correndo para o quarto. Quem sabe, se eu quebrar regras suficientes, as outras pessoas me enxergam. Atiro-me na cama. Elas devem ouvir meus soluços. Aguardo que entrem pela porta para me perguntar o que há de errado. Ninguém aparece. Os punhos cerrados. O ar entrando pelas narinas. E saindo num grito explosivo que, com o fôlego que em mim houver, se insurge contra o mutismo das paredes.
Tudo previsto. Não houve revolução. Resignada, desperto sem sobressaltos nem lembrança de sonhos. A despeito do meu escândalo de ontem, permanece intocada a rotina dos mortos-vivos. Não fui a primeira e não vou ser a última a gritar no retiro. Prossigo mecânica para o banho. Já não me importo com a água fria. Visto a roupa mais maltrapilha que trouxe. Caminho automática para a sala de meditação. Sento-me com a apatia de uma iluminada. Agora que cheguei ao quarto dia vou ficar até o fim. Respiro fundo. Sim, eles conseguiram. Deixaram-me exausta o suficiente para não querer pensar em nada.
 Os soluços chegam ao corredor atravessando a porta do quarto. Dessa vez, não sou eu quem interrompe o silêncio. Depois de três dias, o frêmito de uma voz humana parece alucinação auditiva. Abro a porta e a vejo chorando na cama. O tórax balançando ao ritmo das convulsões. Aproximo-me. Coloco a mão no seu ombro. Assustada, ela se vira. Enxuga o

rosto com as costas das mãos e me olha indecisa. Feliz aniversário. São as palavras que me trazem de volta. Ela me abraça. Vem comigo agora. Vamos embora desse lugar.

    Escapamos eufóricas como duas adolescentes fugindo de casa para uma festa. Juntas cantamos alto a música que toca no som do carro. O dia está bonito. Pela janela aberta, sinto o vento batendo no rosto. Ela pergunta por que demoramos tanto para fazer isso. Digo a ela que não queríamos perder o mingau. Rimos alguns minutos e lutamos para que a conversa não morra. Ao final de cada assunto, vejo o contorno indefinido do vazio que nos espreita e o frio remanescente no intervalo dos sorrisos que se desmancham entre as palavras.

Revólver

A escuridão me espera no final do corredor apertado. O coração se apressa em mandar mais sangue para as pernas num esforço inútil de me fazer correr do perigo que me espreita. A sentinela da boca me acompanha pelas trevas que obscurecem a porta de ferro que só agora consigo enxergar. Trancado do lado de dentro está meu destino e talvez a hora da morte. A vida não passa diante dos olhos. Na cabeça soam tambores, e o presente é intransponível. Saber que ia morrer tão jovem faria diferença? Talvez exista qualquer coisa de lírico no desfecho. É possível que, quando me matarem daqui a uns minutos, a catástrofe vá depressa encontrar no meu passado a acústica necessária a uma ressonância trágica, quem sabe estética, dessa conclusão dramática. Nunca faltarão, entre as palavras, lacunas que só a morte pode preencher de sentido.

Passei a pensar sobre isso nas semanas em que o revólver ficou na gaveta. Não tenha ilusões, garoto, disse o fornecedor ao me passar o 38, isso é uma arma e foi feita para matar. Não lhe dá garantias nem protege você de nada. Matará os que você ama e você mesmo, se tiver a chance. O sangue é sua lascívia. Não o branda como um palhaço, nem o ostente como um covarde. Respeite a objetividade desse instrumento. Saque para atirar. Atire para matar. E, se possível, atire de perto, completou depois de eu ter errado os três disparos que arrisquei contra uma árvore. Com o passar dos dias, comecei a reconhecer o que ele tinha advertido. Não me sentia mais bem protegido carregando na cintura o peso de uma desgraça que enregelava minhas costas com sua morbidez. Fugi do bairro. Por dois anos, morei com minha avó. Antes de partir, fui devolver o ferro porque entendi que ele me enredava ainda mais na trama de que me esforçava para escapar.

O cara que encontrei no ônibus da volta da rodoviária deve ter avisado que eu vinha. A sentinela fala num rádio que o playboy está aqui para ver o chefe. Não costumo me enquadrar no rótulo e, se agora o recebo, é porque aqui não sou bem-vindo. A porta de ferro se abre com um estalo e de dentro saem dois adolescentes segurando fuzis. Um deles deixa sua arma com o companheiro para poder me revistar. Estivesse eu com o revólver, não faria diferença. Tampouco imaginei que em algum momento viesse me entregar. Segurando meus braços, eles me conduzem para o interior da sala, e a sentinela volta para seu posto na entrada da boca. Ele me espera sentado atrás de uma mesa, contando com os dedos um bolo de dinheiro. Seu 38 descansa por perto, ao lado de outra pilha de notas de cinquenta. Os dois marmanjos se posicionam atrás dele, um de cada lado, tal qual par de gárgulas defendendo os domínios de uma igreja.

Na época em que lhe dei aquela surra, ele ainda não era o traficante do bairro. Ninguém gostava dele. Moleque franzino e molambento, apareceu para jogar na quadra semanas antes, sem que se soubesse de onde tinha surgido. Fominha filho da puta. Eu me lembro bem. Foram essas quatro palavras, gritadas por ele quando chutei em cima do goleiro, que me deram o pretexto para bater com toda a raiva e toda a força em alguém mais fraco do que eu. Não sou de dar aviso. Só ameaça quem não quer brigar e já tinha ficado claro no jogo que o magrelo corria mais do que eu. Fui para cima sem prelúdio e fechei o desbocado num canto da quadra. Bati tanto nele que trinquei um osso da mão. Ele ficou destruído no chão, choramingando sem que ninguém se apiedasse e o acudisse. Teve que se levantar sozinho e desapareceu cambaleando por uma esquina.

Vim falar com você, arrisco sem coragem de encará-lo, porque estou voltando para o bairro e quero ficar numa boa. Estou aqui para pedir desculpas por aquela briga. Eu estava com a cabeça quente do jogo. Não tinha por que ter feito aquilo. Alguns segundos de silêncio. Ele termina de contar o dinheiro e me olha direto nos olhos. Fico feliz que você veio. Achei que era para falar do seu amigo morto. Só digo que foi merecido, como as porradas que você me deu. Ele para um instante, para acender um cigarro. Não precisa pedir desculpa. Aquele dia você me ensinou a ser homem. Foi molecagem ofender sua mãe e você me tratou como moleque. Justo. Ele puxa uma longa tragada e olha a brasa enquanto exala fumaça. Cheguei nesse bairro um fraco e um covarde. Você me mostrou que não rolava. Sem amigos, a gente não pode ser fraco. Os fracos apanham dos fortes, e quem está sozinho apanha sem socorro. Ele apaga o cigarro. Pega a arma e começa a desmontá-la. Tira um trapo de uma gaveta e fica limpando as peças. Ninguém fica do lado de quem está por baixo. O único que nunca me deixou na mão foi este aqui, ele completa, alisando o revólver. Agora estou por cima. Não me chamavam para jogar bola e hoje sou convidado para formaturas e casamentos. Agora sou gente boa. Tenho dinheiro e cocaína. Compro os amigos que quiser.

Ele nunca mais tinha aparecido para jogar. Quase um ano depois do incidente na quadra, eu soube que estava metido no tráfico. Vieram me avisar que tomasse cuidado. Ele andava por aí armado e não tinha se esquecido. Dei de ombros. Achei que era conversa espalhada para me deixar assustado. Eu me sentia seguro no bairro. Conhecia todo mundo na rua e bastava um assovio para me cercar de defensores. Não adiantou para o meu amigo. Uma noite na pracinha, depois de uma discussão seguida de troca de injúrias, o magrelo sacou o revólver e atirou na testa dele. Eu não estava lá. Me disseram que foi na frente de todo mundo e que, quando o corpo caiu, o assassino permaneceu imóvel, desafiando os outros com o olhar. Ninguém fez nada e a maioria saiu correndo. Fui procurar o fornecedor quando ouvi a notícia no dia seguinte.

Jogava muito aquele seu amigo, ele dispara quando já me viro para ir embora. Nunca me esqueço de um golaço que ele fez por cobertura. Torno a me voltar e acedo com a cabeça enquanto ele remonta o revólver. Pelo pouco que vi, você também jogava bem, rebato ansioso para sair. Ainda jogo. Todo fim de

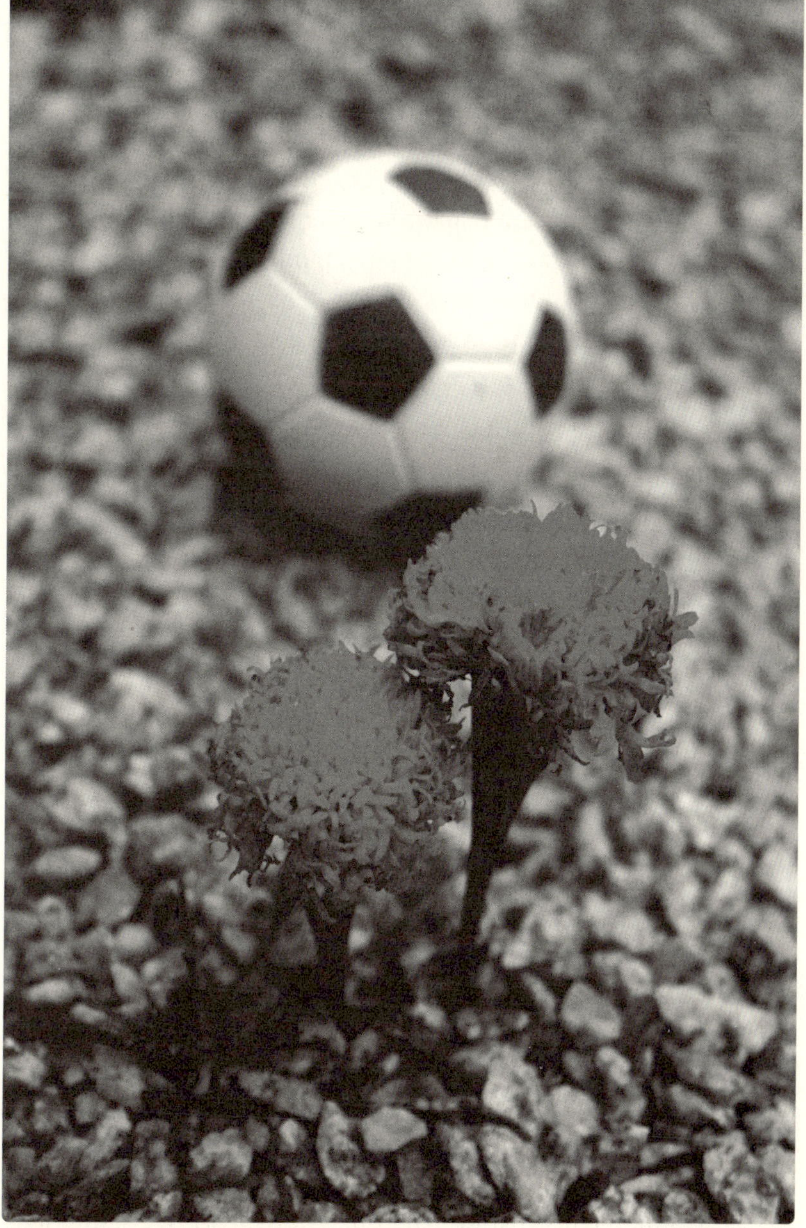

semana alugo uma quadra de society. Os olhos dele brilham. Tive uma ideia. Vem jogar comigo no próximo sábado. Para selar a paz. Uma a uma, ele coloca as balas nas cavidades do tambor. Vou tentar não xingar sua mãe. Mas, se eu não resistir, ele gira o tambor como uma roleta e fecha a arma carregada com um sorriso, dessa vez não vou estar sozinho. Deixo a boca e fico um tempo caminhando pelas ruas do bairro. Talvez seja o momento de sair de vez daqui. Depois de dois anos fora, é estranha a sensação de não pertencer a nenhum lugar, de estar à deriva sem elo firme com o mundo. Nem sempre entendo o apego que tenho a certos pontos no tempo ou no espaço. Talvez seja saudade das pessoas com quem pude dividi-los. Olho os moleques jogando na quadra e me vejo na solidão oca da bola. Assisto outra vez ao gol de cobertura que meu amigo morto comemorou com um abraço em seu assassino. Entrei hoje naquele buraco pensando em morrer. Estruturei em torno disso minha coragem e minha culpa. Na maior parte das vezes a vida é mais complexa do que o sim ou o não. Não tem jeito senão admitir a probabilidade e o medo, a minha falta de controle. Ouço na memória o som metálico e fúnebre do carrossel de promessas projéteis. Estremeço. Quando dou por mim, estou em frente à porta do fornecedor.

Equilíbrio

Na adolescência das minhas noites, eu deixava que o enleio dos pratos girando me encantasse, como se o amanhã não existisse e a vida pudesse sempre permanecer no mesmo eixo. A experiência me ensinou que o público quer um vislumbre do absoluto, uma lasca do infinito. Eu equilibrava um prato por minutos e parecia que podia pela eternidade. Não podia. Foi a primeira mentira que aprendi com o escapista. Nem ele conseguiria escapar para sempre das pontas afiadas dos espetos. Chega um instante em que o braço cansa, não responde. A vara perde o momento, o prato vai ao chão e se estilhaça, como o palácio do meu pai no dia em que minha mãe morreu. Ele, que por anos equilibrou a porcelana mais fina e violentou sua juventude na fábrica para ser promovido a supervisor, deixou que toda a louça despencasse quando minha mãe não resistiu ao parto. A bebida encomendou, junto à demissão, sua lenta decadência. Tendo me ouvido chorar por horas, vizinhos arrombaram a porta e me encontraram faminta e imunda sobre seu cadáver.

Estaciono o carro no pátio da mansão. Desço, pego no banco de trás a maleta com a tela e não consigo evitar um sorriso. O falsário se preocupa demais. Desde a noite em que o pato me buscou mais uma vez para jantar e me viu guardando a obra no cofre do pretenso escritório, eu soube que seria um serviço simples. Ele não escondia a cobiça nos olhos enquanto eu despachava, em suposta confidencialidade e depois de o fazer insistir muito, o conto do herdeiro repentino que precisa deixar o país às pressas. Toco a campainha e me preparo para me jogar nos braços do trouxa, mas é o mordomo quem atende e pergunta o que desejo. Estranho ele não ter vindo me receber nem avisado que eu vinha. Assim que me identifico o empregado me aponta um sofá e sobe as escadas para avisar o patrão. O pato desce com um ar esquisito. Parece aborrecido. Levanto-me efusiva e ele me cumprimenta contido, com um beijo na face. Convida-me formal para nos sentarmos à mesa. O jantar é servido e em vão procuro os olhos dele. Indiferente, ele os mantém fixos no prato e mastiga a comida em silêncio. O escapista recomendava não desejar a perfeição – capricho exclusivo do público. É preciso, dizia ele, reconhecer a intermitência do equilíbrio e o limite do seu controle. Ainda que treine o dia inteiro, você não pode domesticar a entropia. Primo-irmão da minha mãe, ele me sustentou depois que meus pais morreram. Uma das poucas constantes e a maior referência no nomadismo daqueles anos. Austero, mantinha-se a distância e se esforçava para assumir a figura de pai. Todos no circo o respeitavam e procuravam com frequência seus conselhos. Com quinze anos, percebi como ele me olhava. Com dezesseis, passei a dormir na sua cama.

O alvo limpa a boca com um guardanapo e me encara pela primeira vez desde que nos sentamos. Como se estivesse me conhecendo agora, dá início a uma bateria de perguntas sobre minhas supostas formação acadêmica e carreira de advogada. A não ser que tenha descoberto o golpe, não vai me desmascarar assim. Ele examina com atenção minhas respostas e, aos poucos, parece se convencer de que digo a verdade. Assumindo uma expressão satisfeita, ele se levanta da cadeira e vem me beijar nos lábios. Com um afago no meu rosto, sussurra que sou linda. Diz, olhando para a maleta no sofá, que precisamos concluir o negócio. Antes, completa com um sorriso, quer me mostrar outra coisa bonita.

Conversávamos muito tempo antes de adormecermos de mãos dadas. O escapista nunca me tocou de outro jeito. No limiar da sua ternura, acariciava meus cabelos e suspirava. Uma vez beijei-o na boca e ele me pediu engasgado que não fizesse mais aquilo. Manteve seu número por anos sem ninguém descobrir o segredo. Todas as noites, eu suportava apavorada o mesmo ritual. Voluntários do público o imobilizavam com correntes e cadeados, vendavam-no e o prendiam num caixão de madeira lacrado com pregos. Então os funcionários erguiam por uma corda uma enorme chapa de aço coberta de espetos, posicionavam o caixão embaixo e ateavam fogo ao cabo. Minutos depois a chapa despencava estraçalhando a madeira e arrancando gritos da plateia. Ao som de tambores e cornetas, o escapista surgia ileso de um canto obscuro da lona.

Por semanas, o falsário e eu estudamos o alvo. Meu parceiro ficou apreensivo depois de escaparmos por pouco na conclusão do último trabalho. Ele sempre critica minha falta de profissionalismo. Assevera que sou viciada em adrenalina e que costumo escolher caminhos arriscados. Qualquer dia vai nos botar na cadeia ou me obrigar a matar você. O falsário é um psicopata. Seu último parceiro o enganou na divisão dos espólios de um golpe e ele o retalhou a facadas. Juntos planejamos a ação com cuidado e escolhemos um vernissage como local para a primeira isca. Desfilei pela galeria no meu melhor vestido, fingindo olhar os quadros ao mesmo tempo que procurava atrair o peixe. Os trouxas são vulneráveis nessas festas onde entra qualquer branco bem vestido. Com genes adequados, roupa cara e taça de champanhe é fácil parecer uma escolhida.

Eu assistia ao escapista por um buraco na lona e notei o rapaz do meu lado. Já o tinha visto, mas não sabia seu nome.

Era um funcionário da manutenção. Os artistas e o pessoal da gerência não costumavam se misturar com essa gente. Vendo a aflição com que eu olhava as chamas, ele segurou minha mão e, por reflexo, apertei de volta a dele. Sem que nunca nos falássemos ou que meus olhos se descolassem das labaredas, a cena se repetiu muitas noites. Ele passou a me envolver pela cintura e eu comecei a desejar seu abraço. Suas mãos já não se continham e me palpavam. Meus olhos se obstinavam no fogo e no perigo que ameaçava o escapista.

    Tenho uma surpresa para você. Sorrindo, ele me leva até o cofre. Retira dele uma caixa de couro e segurando-a me conduz de volta ao sofá. Dentro da caixa reluz uma pistola cromada. Ele a segura com o dedo no gatilho. Diz que está carregada e me pergunta o que acho dela. Bonita, respondo com a adrenalina inundando as veias. Sabe, tenho andado com medo de me roubarem. Por um breve momento, não consigo deixar de admirar o brilho do metal. O falsário avisou que era arriscado fazer a transação na casa do sujeito. Você vai estar vulnerável, jogando a fase decisiva no território do adversário. Ele coloca a pistola sobre a mesa de centro. Veja só, ele murmura. Bonita e traiçoeira, como uma mulher. Sussurrando no meu ouvido, ele me pergunta se não quero segurá-la. A pergunta real é se a consigo alcançar primeiro. Por longos segundos olho para a arma com o mesmo pavor excitado das noites em que contemplava as chamas.

Com o tempo ele foi ficando frio e, por algum motivo, eu já não conseguia segurar sua mão na cama. Fingindo que dormia, tive várias vezes a impressão de ouvi-lo chorar. Ao adormecer, eu sonhava com as mãos calejadas do funcionário e despertava ávida pelo momento de reencontrá-las e sentir os dentes dele no meu pescoço. Era cada vez mais difícil não fechar os olhos e parar de encarar o fogo. Fiz o que pude para mantê-los abertos na noite em que ele por fim levantou meu vestido. Por entre as aparas da madeira, as entranhas rasgadas do escapista fariam eco ao vermelho que escorreu pelas minhas coxas. Cerrei as pálpebras e me entreguei inteira à escuridão. Antes que as abrisse de novo, quando os gritos da plateia soaram mais alto do que deveriam, eu já sabia o que tinha acontecido.

Ele pega de novo a pistola e ri, relaxando os músculos do rosto. Espero não ter assustado você. Ainda sorrindo, ele abre a maleta e examina o conteúdo. Faz tempo que queria esse trabalho para minha coleção. Levanta-se, vai guardar a arma e a tela no cofre e volta com uma pasta. Aqui está o dinheiro do seu cliente. Incrédula, olho o pato de cima a baixo, um pouco decepcionada. Caminho em direção à porta e ele me pergunta se, antes de ir, não quero tomar um uísque na banheira de hidromassagem. Hoje não, querido. O cliente está só esperando o dinheiro para sair do país. Além disso, resmungo, estava gostando mais da brincadeira com a pistola.

Dirijo pelas ruas com a pasta no banco do passageiro. Grande merda. Os pratos todos girando conforme o previsto. Quanto mais eles me aplaudiam, mais eu os odiava por não perceberem a impostura do equilíbrio, por se entregarem tão dóceis à ilusão da permanência. Depois que o escapista morreu, meu número ficou cada vez mais complexo. Noite após noite aumentava o número de pratos e as manobras ficavam mais difíceis. Não queria um erro qualquer. Aspirava a um fracasso estridente. Os pratos todos se despedaçando ao mesmo tempo num testemunho irrefutável de que aquilo era mentira. Os pratos continuaram girando e o público continuou aplaudindo. Quatro ligações perdidas. O falsário está ansioso por mais essa partilha. Olho para a pasta do meu lado. Vontade de queimar todo o dinheiro. O falsário me mataria. Um sorriso volta a escapar dos meus lábios. Piso no acelerador e jogo o telefone pela janela.

Aurora

Pegue uma carta qualquer. Olhe para ela, mas não deixe que eu a veja. Essa é a sua carta. Lembre-se dela. Contemplo o ás de espadas na minha mão sem afastar muito meus olhos do resto do baralho. Percebendo a minha suspeita, ele sorri e me oferece as cartas remanescentes. Se não confia em mim, pode segurar você mesmo o baralho. Coloque sua carta no meio das outras e embaralhe como quiser. Acato e aproveito para inspecioná-las o melhor que posso. Devolvo-lhe o baralho assim que me convenço de que parece um jogo normal e de que as cartas estão em posição aleatória. Agora vou tentar encontrar sua carta com meu tato refinado. Como animais obedecendo ao domador, as cartas dançam nos dedos dele, reorganizam-se e se confundem. Com um corte excêntrico que impressiona por si mesmo, ele vira o sete de copas no topo do baralho. Essa é a sua carta. Em vão examino seu rosto tentando determinar se o erro é intencional. Não é a minha carta. Ele pergunta, um pouco contrariado, se tenho certeza. Respondo que sim e ele se desculpa dizendo que as cartas são voluntariosas e que o sete de copas costuma persegui-lo. Pede que eu o segure para que não volte a interferir. Obedeço. Mais uma vez as cartas se agitam coreografadas e, com um corte ainda mais peculiar que o primeiro, ele se surpreende virando de novo o sete de copas. O que foi que eu disse, suspira desconsolado, ele não me deixa em paz. Intrigado, olho para a carta que ele me deu para segurar e me deparo com o ás de espadas.

Impressionante, digo, devolvendo-lhe o ás. A luz da aurora começa a aparecer nas brechas das janelas cobertas do avião. Ele me observa curioso. Pode ficar com a carta de lembrança.

Agradeço e guardo-a no bolso do casaco enquanto ele devolve o baralho à caixinha e comenta que meu elogio não foi muito convincente. Procuro me desculpar, dizendo-lhe que não faço ideia de como fez aquilo. E ainda assim, retorque o mágico, não parece ter se envolvido. O garoto ao seu lado nos reprova com seus olhos vermelhos e move-se na poltrona, tentando reatar o sono. O problema, confesso num sussurro, é que nunca fui grande apreciador de ilusionismos. Sem dúvida, você me enganou muito bem. Mas isso não muda o fato de eu saber que fui enganado, que em algum momento existiu uma discrepância entre a narrativa do que estava sucedendo e aquilo que aconteceu de fato. Desde o instante em que você me pede para escolher uma carta, eu já sei que no final você vai encontrá-la por meio de um truque, um artifício, uma mentira.

O garoto bufa inconformado e, desistindo de dormir, procura alguma coisa na mochila. Constrangidos, permanecemos um tempo calados. O adolescente acende a luzinha sobre seu assento e se entretém girando as faces de um cubo mágico. Depois de assistir aos seus esforços por uns minutos, o ilusionista me pergunta o que faço da vida. Escritor, sou escritor de ficção. Ele assume um ar pensativo. Para que você acha que serve a ficção? Um pouco surpreendido pela abrangência da pergunta repentina, respondo que acredito que contar e ouvir histórias, na literatura, no cinema, numa mesa de bar, é uma maneira social, e portanto dialética, de organizar sentidos provisórios para a vida. Narrativas coerentes ajudam a pensar o caos cotidiano dos acontecimentos aleatórios. Mesmo se as histórias são inventadas? Sobretudo se são inventadas. As luzes da cabine se acendem e uma voz no alto-falante anuncia que o pouso se aproxima e o café da manhã será servido. O mágico sorri satisfeito. Então você também engana seus leitores e mente para eles. Suas narrativas não correspondem mais a sucessos verídicos do que as minhas e, como as minhas, não passam de um truque bem tramado, de um artifício empregado com o objetivo de criar um efeito de sentido.

Nos cantos do avião os passageiros levantam a cobertura das janelas e uma luz alaranjada toma conta do ambiente. A aeromoça chega com o carrinho e coloca nossas refeições sobre a bandeja retrátil. Enquanto mastiga, o mágico mantém os olhos fixos no cubo do garoto, que intercala mordidas num sanduíche com investidas frustradas contra o quebra-cabeças. Terminada a refeição, ele me pergunta se alguma vez já observei um grupo de crianças brincando de estátua. Você já notou que quase nunca elas congelam no momento preciso em que são tocadas? Em vez disso, elas costumam se permitir um segundo a mais, que empregam na criação de alguma pose esdrúxula. Isso não está nas regras do jogo. E, no entanto, sem que ninguém as instrua a procederem dessa forma, criar estátuas divertidas torna-se quase um requisito obrigatório para o entretenimento. Antes mesmo que o adversário as alcance, a consciência da brincadeira as lança – numa atitude contraproducente com o objetivo de escapar dos perseguidores – aos mais disparatados movimentos que possam justificar a produção de uma pose inusitada.

Quando a aeromoça se aproxima para recolher o lixo ele se interrompe e aproveita para inspecionar um pouco mais a luta do rapazinho com o brinquedo. Os quadrados verdes do cubo estão próximos uns dos outros. O adolescente geme desanimado com a dificuldade de agrupá-los na mesma face. Eu poderia ter terminado de muitos jeitos a história que contei com o ás de espadas. Podia ter olhado fundo nos seus olhos, lido a sua mente e anunciado o nome da carta. Ou arremessado o baralho para cima e colhido o ás de uma nuvem cadente. Podia, quem sabe, tê-lo feito aparecer no seu bolso ou no seu sapato. Pouco importa que eu tenha sido capaz de encontrar a sua carta. Como você mesmo apontou, desde o começo você sabia que era isso que eu faria. O que interessa é como aconteceu e as reflexões que esse efeito provocou em você. Esse como é justo o que por sorte você ignora. Uma das coisas que faz a mágica valer a pena é a tentativa do espectador de compreender o mistério. Ao oferecer fragmentos desconexos de uma narrativa absurda, o ilusionista desafia o público a decifrá-los e recombiná-los de modo que façam algum sentido. A beleza disso é que, aceitando o convite, o espectador acaba criando uma nova história. Inventa ele próprio artimanhas e soluções que o mágico sequer imaginou. É por isso que a maioria dos ilusionistas não revela seus segredos nem escancara o que se esconde atrás do espelho. Sabem que, se assim vão saciar a sede, também vão banalizar a água.

Exasperado num súbito ataque de raiva, o moleque bate repetidas vezes o cubo contra o braço da poltrona. Tenho vontade de rir, mas o mágico o perscruta impassível. Viajei por algum tempo o mundo, ele retoma, e conheci profissionais diferentes. Como é de se esperar e lamentar, os que mais abundam são os meros entretenedores. Os que se preocupam apenas em ganhar dinheiro e ocupar os lugares de maior destaque na mídia. Desses não vou falar. Há muitos outros que resistem. Mulheres e homens que ainda fazem do seu trabalho um embate sincero com o real. Em Lisboa, por exemplo, fiz amizade com um mágico cujo estilo egocêntrico era focado na construção da sua persona mística. Tudo em seu ato era voltado para a idealização romântica desse super-homem, desse escolhido entre os mortais para explorar o desconhecido. Suas apresentações se alimentavam dessa atmosfera de mistério, do desejo do público por um messias que o guie através da escuridão. Em Barcelona, conheci um sujeito que escolheu o caminho oposto. Demolia a distância entre si e a plateia, revelando-lhe seus segredos. Dizimava assim o mistério e exibia aos espectadores as entranhas frias da realidade. A maior enciclopédia humana encontrei em Zurique. Um senhor apaixonado que conhecia todos os grandes mestres e estudou a evolução da mágica. Dizia que já não existem efeitos novos e que um ilusionista consciente deve se concentrar na apresentação dos velhos truques, refinando-a e a desconstruindo ao mesmo tempo. Achei, enfim, em Roma uma jovem que buscava a simplicidade do encantamento. Seus números intercalavam arroubos cômicos com instantes de lirismo delicado. Despretensiosa, buscava falar à criança no espectador e reencantar com as cores da infância o cotidiano cinza dos adultos. No meu modo de ver, cada um desses artistas tinha algo valioso a dizer sobre o mundo. Cada um deles me ensinou alguma coisa sobre minha própria humanidade.

A voz no alto-falante solicita que nos preparemos para o pouso. Com um suspiro o garoto larga o cubo sobre a bandeja retrátil e abre a mochila para guardá-lo. *It's impossible*, desabafa ao encontrar nos seus os olhos inquisitivos do mágico. *You have to try and solve it layer by layer*, aconselha o ilusionista e estende a mão ao notar o sorriso descrente do outro. *May I?* O adolescente entrega-lhe o cubo e assiste a um espetáculo semelhante à dança das cartas de há pouco. Com uma sequência ininterrupta de movimentos rápidos, a primeira camada é resolvida em segundos. Depois de uma breve pausa girando o cubo nos dedos para estudar a posição, ele ataca a segunda camada e a soluciona. Nova pausa para análise, mais uma explosão de movimentos e ele pousa o cubo alinhado nas mãos do moleque estupefato.

Dessa vez você não me enganou, reprovo, vendo o menino guardar o brinquedo na mochila. Já me explicaram como isso funciona. Você memorizou meia dúzia de algoritmos e os reproduziu, humilhando o rapazinho que se esforçava para encontrar uma solução autêntica. Nenhuma genialidade, nenhuma originalidade. Uma mistura previsível de técnica e decoreba que poderia caber a um robô. O mágico considera meus argumentos. Admito, retruca, que esse é um modo de ver a coisa. Outro é pensar que para ele, como para a maioria das pessoas, o cubo representa um problema insolúvel, uma realidade demasiado complexa, inapreensível e que o que fiz foi mostrar que existem métodos diferentes de abordar essa questão. Sim, é possível se isolar dispensando a tradição e qualquer ajuda alheia com a esperança de se descobrir um gênio criativo, mestre absoluto de um caminho inédito. Muitos pensam que vale mais resolver o cubo uma vez seguindo a própria intuição do que cem vezes com a ajuda de algoritmos. Eles nunca atingirão um conhecimento profundo do problema. Prefiro admitir para mim mesmo que não sou nenhum tipo de gênio, debruçar-me sobre a tarefa com a sobriedade de um homem medíocre e me aproveitar do conhecimento de outros que a pensaram antes de mim.

    Os que optam pelo tudo ou nada e almejam à satisfação de um talento sem trabalho ficam quase sempre pelo caminho. Brincam com o cubo por semanas, frustram-se com seu grau de dificuldade e decidem deixá-lo de lado. Para fazer o que você presenciou, tive que treinar por muitos meses. Ao contrário do que você sugere, não é tão fácil decorar os algoritmos e menos ainda dominar a técnica do seu emprego. Diferentemente do que você pensa, uma vez que me tornei proficiente neles, passei, sim, a entendê-los. Não, eu não os deduzi, mas, de tanto repeti-los e observar seus efeitos, cheguei a um grau razoável de compreensão do quebra-cabeça. Com o tempo e a persistência, pude tecer variações e descobrir atalhos, personalizando cada vez mais meu método de resolução.

Ao perceber que consigo resolver o problema tão rápido, o garoto pode se sentir humilhado e pode também deduzir que existe um caminho mais direto do que o que ele está tentando. Não interessa se o método foi inventado por outro. O que importa é que é uma via de acesso ao que a princípio era impenetrável. Parece que hoje as pessoas se esforçam para prescindir da teoria e ignorar a história. Se por vezes a herança que recebemos e a tradição de que partimos nos retardam com a gravidade imensa de neuroses acumuladas, parecem-me no mínimo ingênuos aqueles que se dispõem a encarar o mundo como se ele fosse uma novidade.

Cansados da viagem e da longa conversa, permanecemos em silêncio durante a aterrissagem e, por algum motivo, o mágico parece inquieto com a chegada. Deixamos juntos nossos assentos e caminhamos lado a lado até a fila da imigração. Ele olha pelas janelas do aeroporto com a expressão de um turista perdido numa cidade estrangeira. Tendo recolhido nossa bagagem e na iminência de nos despedirmos, indago dele por que, afinal, decidiu voltar para casa. Num tom melancólico ele me diz que se faz a mesma pergunta. Acho que o mundo é assim mesmo, redondo. Se você foge sempre numa direção acaba voltando para o ponto de partida. E do que é que você está fugindo? Ele parece se divertir com a pergunta e me diz que, antes de se despedir, quer me contar uma última história.

Quando era criança eu fazia aulas de equitação. Estava aprendendo com desenvoltura e progredindo rápido até que num salto levei meu tombo de estreia. Perdi minha confiança no treino que se seguiu. Amedrontado, não conseguia sequer fazer com que o cavalo galopasse e muito menos defrontá-lo com os obstáculos. Ao chicoteá-lo e sentir seu primeiro lance de galope, eu era tomado pelo medo de cair e me agarrava às rédeas, refreando o animal. A cena se repetia até que o cavalo se irritasse com a contradição de comandos e empinasse, ameaçando me derrubar de novo. Por meia hora meu professor observou em silêncio essa rotina. Pediu-me então que viesse montado para junto da cerca e disse que nós três precisávamos conversar.

Imagine um cavalo livre na natureza, ele começou, e imagine que vai ser atacado por uma onça. Qual você acha que é sua maior arma de defesa? Um coice, respondi do alto da sela. Meu professor objetou que um coice adiantaria pouco contra uma onça. A maior arma de defesa do cavalo é a fuga. É um dos seus instintos mais fortes e é o que ele vai fazer toda vez que se sentir ameaçado. Quando bate nele com o chicote, você está atiçando esse impulso e quando puxa as rédeas está impedindo que o satisfaça. Por isso ele fica tão nervoso. Pensei uns segundos naquela história e protestei que não fazia sentido. Ele não pode escapar de mim porque estou em cima dele. Não importa para onde fugir, vou junto na garupa. Meu professor apertou os olhos e me disse que eu tinha razão. Não fazia sentido. E no entanto, completou, você está fugindo do cavalo.

Este livro foi composto em fonte Goudy Old Style e impresso
pela Orgrafic Gráfica e Editora para a Editora Prumo Ltda.